KB170266

해보지 않으면 알 수 없어

가보지 않으면 알 수 없어

만나 보지 않으면 알 수 없어

그러니 오랫동안 생각했다면

지금은 두려워도 해보는 거야

하나씩 해보고 나만의 길을 다시 찾는 거야

잘할 수 없을까 봐
후회할까 봐

김의정 · 최동희 지음

이 책은 1,171일 동안 55개국 196개 도시를 여행한
어느 부부의 세계여행기입니다.

가진 전부를 걸고 세계여행을 떠난 젊은 부부의 이야기.
여행 경비가 떨어져 다른 나라에서 일을 하며
경비를 충당하고
마음속으로 꿈을 꾸던
사막을 걷고 바다를 보고
밤하늘의 우주를 본 이야기.

나에게 어울리지 않는 것을 용기 내서 내려놓고
나에게 어울리는 것을 찾아 살아가는
어느 부부의 이야기가
여행에 관심이 없어도
코로나로 우리가 지금 당장 떠날 수 없어도

하고 싶은 일을 해야 할지 말아야 할지 고민인 사람에게
매일매일 반복되는 삶으로 무기력한 시간을 만난 사람에게

잘할 수 없을까 봐
후회할까 봐 시도하지 못해
오랫동안 망설이고 있는 사람에게

'당신은 아직 무언가를 해낼 수 있고
많은 것을 해낼 수 있다'는 용기를
전해 줄 수 있으면 좋겠습니다.

우리는 때때로 시작합니다.
그리고 때때로 어려운 시간을 만나기도 합니다.
하지만 아무리 어려운 시간을 만나도
포기하기 전까지 정말 끝난 것이 아닙니다.
그러니 지금 행복하지 않더라도
삶의 행복을 향한 도전을 끝까지
이어 나갈 수 있으면 좋겠습니다.

두려운 마음이 들 땐 앞으로 나아가세요.
행복을 향한 삶의 도전을 멈추지 않았으면 좋겠습니다.

●

[Part2]

완벽하진 않지만, 자신감 있게

•

[Part3]

진심이 담겨 있다면 감동을 줄 수 있다

●

[Part4]

내가 어떤 모습이든 나는 소중하다

프롤로그

세계여행을 떠나기 전에는
하루하루가 무기력하게 흘러가는 날들이 많았다.
그러다 가끔 잠시 멈춰 생각했다.
'지금 살고 있는 삶이 나를 위한 삶인가?'
'누구를 위한 삶일까?'
질문 끝에 답을 얻으려고 하지 않았다.
어떤 답을 얻어도 지금 인생이 크게 바뀔 것 같지 않기에.

그러나 여행을 다녀온 후 이전과는 다른 모습으로
주어진 삶을 적극적으로 살아가고 있다.

오랜 여행을 통해 배운 것은
몸을 움직여야 새로운 게 보이고
말을 걸어야 새로운 사람들을 만날 수 있다는 것이다.
가만히 있으면 아무것도 할 수 없다는 것이다.

여행을 떠나기 전, 나는 바쁘게는 살았지만
어쩌면 나를 위해 사는 것에는 가만히 있었는지 모른다.

나를 위한 일에는 멈춰 있었는지도 모른다.

이제는 가만히 멈춰서
하루를 흘려보내고 싶지만은 않다.
하루하루 행복할 수 있는
나를 위한 삶을 만들어 가고 싶다.

Part 1

잘할 수 없을까 봐 후회할까 봐

지금이 마음이 원하는 걸
시작하기에 가장 좋은 날이야 - 아내

　　나는 평범한 가정에서 태어났다. 부모님의 보살핌을 받으
며 남들처럼 초 중 고등학교를 나왔고 대학에 들어가기 위해
수능을 준비했다. 대학교에 들어간 뒤 졸업과 동시에 원하는
회사에 취업했다. 회사 생활을 하며 결혼을 생각했고 1년간의
결혼 준비 후 2014년 12월에 부부가 되었다. 결혼 후에는 적
응할 대로 적응한 회사 생활을 이어 나갔다.

　　회사에서 쌓인 스트레스는 저녁에 마시는 맥주 한잔과 정
신없는 TV 소리로 흘려보내는 날의 연속이었다.

지극히 평범한 삶이었다.

평범함을 원했지만 평범함이 싫었다.

마음에 구멍이 난 듯 공허함을 느꼈다.

그렇다고 벗어나는 방법도 몰랐다.

의미를 찾지 못하는 무의미한 날들의 연속.

내 인생에 내가 없는 느낌.

그런 날들의 반복이었다.

무얼 위해 이렇게 매일 회사에 가고 돈을 벌고 하루하루를 살고 있는지 삶의 의미를 찾을 수 없었다. 물론 안다. 먹고살기 위해. 훗날 자녀를 키우기 위해. 내가 번 돈으로 갖고 싶은 것들을 선택할 수 있는 자유를 위해서 살아야 한다는 것을 잘 알고 있다. 하지만 마음이 허전했고 공허했다.

그리고 그날 저녁 별생각 없이 남편에게 고민을 털어놓았다.

"내가 만약 나중에 아이를 갖게 되면 행복해질까?"

질문을 들은 남편은 "요즘 힘들어?"라고 되물었다. 솔직하게 말했다.

"남들도 다 비슷하게 사니까 괜찮은 것 같은데, 정작 나는 괜찮지가 않아. 한 달만 쉬고 싶다. 한 달만 유럽 여행을 다녀올까?"

내가 말하면서도 지금 현실에서는 말도 안 되는 이야기였다. 남편은 곰곰이 생각에 잠겼다. 나도 당장 떠나자는 대답을 원했던 것은 아니다. 그저 나의 복잡한 마음을 공감해 주길 바랐다. 한참을 고민하던 남편은 "그럼 퇴사하고 가야 하는 거 아닌가?"라며 의외의 대답을 했다. 풀이 죽어 있던 나는 그 말에 남편의 눈을 바라봤다.

그다음 이어진 말이 더욱 놀라웠다.

"한 달 유럽 여행 말고 세계여행을 가자!"

말도 안 되는 대답에 처음엔 피식 웃음만 나왔다. 하지만 남편은 진심이었다.

"당장 떠날 순 없겠지만…. 아니 지금이 아니면 할 수 없어. 지금 못 가면 앞으로도 떠날 수 없어. 우리의 삶을 살아 보자."

그 말을 듣고 여행을 하는 내 모습을 잠시 떠올렸다. 생각만 해도 좋았다. TV 속에서 누군가 여행하며 즐거워하는 것을 마냥 부러워만 했는데, 세계 곳곳의 나라들을 다니며 그곳의 분위기를 온몸으로 체감할 수 있다니. 직접 보고 느낄 수 있다니. 심장이 두근두근 뛰었다. 여행? 그것도 세계여행? 꿈꾸는 것만으로도 행복했다. 거창한 걸 바라진 않았다. 알람 없이도 아침 햇살이 눈부셔 눈을 뜨고, 계획 없이 발길 닿는 대로 걸으며 그림 같은 풍경 안의 지나가는 엑스트라 1이 되는 것만으로도 충분하다. 꿈만 같은 일이 현실이 될 수 있다는 상상만으로도 행복했다.

과거 종종 스스로에게 던졌던 질문이 떠올랐다.

'언젠가는 세계여행을 갈 수 있을까?'

막연하게 생각으로 그쳤던 꿈에 한 발짝 움직임을 보이던 순간이었다. 그렇게 잊고 지냈던 꿈이 다시금 선명해졌다.

'지금이 아니면 안 돼…. 다음은 없어',

'지금이 마음으로 원하는 걸 시작하기에 가장 좋은 날이야'

라는 생각을 품고 세계여행을 떠나 보기로 했다.

한 번도 가보지 않은 길을 한번 걸어가 보기로.

지금이 마음이 원하는 걸
시작하기에 가장 좋은 날이야 − 남편

하루 왕복 4시간 동안 출퇴근을 하며 3년간 직장 생활을 했다. 육체적으로 힘들어지기 시작하면서, 정신적으로도 힘들어졌다. 어느 날 퇴근 후, 작은 다툼이 있었던 직장 동료와의 불화를 풀기 위해 술자리를 갖게 되었다. 그러나 이야기 도중 서로의 목소리가 커지면서 대화는 점차 길어졌다. 제대로 풀지도 못하고 아무런 소득도 없이 술에 취한 상태로 집에 가려고 시간을 보니, 새벽 4시 30분.

잠에서 깬 아내에게 전화가 왔다. 도대체 어디냐고. 왜 아직도 들어오지 않느냐고. 술에 취한 나는, 나의 상황을 설명하기 어려웠고 화를 내는 아내에게 어떤 말을 해줄 힘도 없었다. 마음이 지친 채 택시를 타고 집으로 갔다.

매일 반복되는 하루.
충분히 열심히 살아가고 있지만
의미를 느끼지 못하는 하루들.

집에 도착하니, 아내가 나를 기다리고 있었다.
아내는 한숨을 쉬었다.

힘들었다. 그리고 미안했다. 이러려고 결혼한 게 아닌데, 이러려고 사는 게 아닌데. 내 삶에 무언가 빠진 느낌이었다. 업무상 바쁜 나는, 집에서 함께하는 시간이 점점 줄어들었고 아내는 그런 나를 자주 기다렸다. 아내와 조금 더 많은 시간을 함께하고 싶다는 생각이 들었다.

그런 어느 날 아내가 너무나 힘들어 보이는 얼굴로 말했다. 행복하지 않다고. 쉬고 싶다고. 그럴 수 없는 걸 누구보다 잘 알지만 한 달이라도 쉬고 싶다고. 여행을 가고 싶다고. 나는 곰곰이 생각했다. 아내가 들으면 기쁠 말을 해주고 싶었다.

그리고 대답했다. 그럼 함께 세계여행을 떠나자고.

나는 그날 생각했다.

똑같은 나날이 계속됨으로써 점점 더 우울해진다면

다른 삶의 방식이 우리에게 맞을 수도 있지 않을까?

삶에 변화를 주고 싶었다.

나는 아내에게

슬픈 일이 있으면 함께 슬퍼하고

기쁜 일이 있으면 함께 기뻐하는

울고 웃으며 느끼는 많은 것을 공유하는

인생의 동반자가 되고 싶었다.

그래서 용기 내서 우리의 행복을 결정했다.

이게 맞는 걸까 잘해 낼 수 있을까

사실 세계여행을 준비하는 동안에도 많이 망설였다. 한 번도 내 공간을 벗어나 길게 떠나 본 적이 없기에. 그동안 여기저기에 쌓아 온 모든 걸 정리하고 납작한 가방 안에 나의 1년치 짐을 담아내야 했을 때 두려움이 앞섰다.

이렇게 떠나도 되는 걸까.
이게 맞는 걸까.
잘해 낼 수 있을까.

여행이 인생과 닮았다는 생각이 들었다. 매번 새로운 결정 앞에서, 하고 싶은 일 앞에서, 도전 앞에서 이런 고민을 해왔었기에.

나는 그동안 실패할까 봐, 잘하지 못할까 봐
시도하지 않았고 결국 텅 빈 마음을 갖게 된 것 같다.

이제는 두려움을 털고 떠나 다른 사람들이 바라는 선택이 아니라 스스로의 선택으로 나의 빈 마음을 채워 보고 싶다. 그게 많은 시간이 걸리더라도. 많은 책임이 따르더라도.

마음처럼 잘되지 않겠지만 이전처럼 생각만으로 정답을 찾으려 하지 않고 일단 부딪혀 보기로 결심했다.

잘해 낼 수 있겠지.
잘할 수 있겠지.

"잘할 수 있어."

늘 곁에 있는 사람의 소중함

여행을 준비하자, 내게 소중한 사람들을 언제 다시 볼지 모른다는 막연함으로 괴로웠다. 그래서인지 여행을 준비하면서 가장 어려웠던 점은 '사람'이었다. 우리 여행의 시작은 남는 사람과 떠나는 사람 모두에게 마지막 인사 같았다. 지금까지 인생을 살면서 마주친 수많은 인연이 우리가 한국에 돌아오기 전까지는 만날 수 없게 되는 것이다.

꿈을 향해 떠나는 긴 여행은 준비부터 마냥 신날 것만 같았는데, 슬프기도 하고 복잡 미묘한 감정 속에서 진행되었다. 나와 얽힌 인연들을 두고 멀리 떠나는 게 쉽지 않았다. 언제든지 볼 수 있는 사람들이라고 생각했는데 우리가 돌아오지 않는 한 볼 수 없다고 생각하니, 쉽게 발걸음이 떨어지지 않았다.

막상 소중한 사람들과 멀어질 것을 생각하니,
늘 곁에 있던 사람들이 얼마나 소중한지 새삼 깨달았다.

공항에 가족과 친한 친구들이 배웅을 나왔다. 출발 전까지 시간이 남아 사랑하는 가족과 친구들과의 시간을 보냈다. 이제 출국장으로 들어가려 하는데 이유 없이 계속 눈물이 났다. 남편은 이런 내 모습을 보더니, 말없이 어깨를 토닥여 주었다. 이곳에 남는 사람들에게 해줄 수 있는 말은 "건강하고 안전하게 잘 다녀올게"라는 말 한마디뿐이었다. 그 이상 내가 해줄 수 있는 게 아무것도 없다는 생각이 들자 미안한 감정이 물밀듯 밀려왔던 것 같다. 평소에는 깊게 생각하지 못했던 사랑과 우정이라는 감정을 깊이 실감한 순간이었다.

나에게 감동을 준 사람들이 떠오를 때가 있다.
내가 반대의 상황에서도
그렇게 할 수 있었을까?
그럼 몇 배로 더 큰 감동이 밀려온다.

내가 생각하지 못했던 것을 생각해 줄 때,
우린 감동받는 것이기에.

자유롭게

    1,171일 '톡톡부부 세계여행'의 서막은 말레이시아 사바 주의 주도인 코타키나발루였다. 이곳을 선택한 이유는 단순하고 간단했다. 아내와 세계여행의 첫 여행지로 어디가 좋을까 고민하고 있다가 우연히 들은 노래 가사가 우리를 설레게 했다.

    매력적인 보이스를 가진 가수 10cm의 '아프리카 청춘이다' 노래였다. 가사를 따라 부르다가 서로 눈이 마주쳤다. 700자가 넘는 노래 가사 중 "코타키나발루 좋겠다"라는 부분이 우리의 마음을 사로잡았다. 바로 말레이시아 코타키나발루행 항공권을 예매했고, 그렇게 세계여행의 첫 목적지를 결정했다.

세계 3대 석양 중 하나를 볼 수 있는 탄중아루 해변이 있는 그곳. 이름만 들어도 설레는 그곳. 아내보다 2개월 먼저 퇴사한 나는 첫 여행지인 코타키나발루의 여행 정보를 수집했다. 숙소, 맛집, 관광, 환전 등 한여름 피서를 떠나는 것처럼 하나부터 열까지 전부 준비했다. 일정도 넉넉히 9박 10일. 그제야 언제 마침표가 찍힐지 모르는 긴 여행을 떠나는구나 실감했다.

드디어 코타키나발루로 간다. 언제 다시 돌아올지 모르는 대한민국을 뒤로하고 약 5시간의 이동 끝에 코타키나발루에 도착했다. 해외여행은 결혼 전에 갔던 필리핀과 신혼여행으로 간 멕시코 칸쿤, 결혼 후 일본까지 딱 3번의 해외여행이 전부였던 우리는 모든 게 신기하고 새로웠다. 이곳에 살고 있는 말레이시아 사람들부터 가만히 있어도 땀이 나는 습한 동남아의 날씨, 향신료가 강한 음식까지 낯설지만 곧 익숙해질 모습들이 마냥 신기했다.

미리 알아본 숙소에 체크인을 하고, 계획했던 일정대로 움직였다. 코타키나발루에 10일 동안 여행하면서 숙소를 3번이나 옮겼다. 그 이유는 여행 경비 때문이라고 말하고 싶다. 경비가 넉넉하다면 좋은 곳에서만 묵으면 되지만, 앞으로 어디에서 어떻게 지출하게 될지 모르는 상태니 저렴한 숙소로 번갈아 가면서 움직여야만 했다.

　말레이시아 코타키나발루는 우리에게 아름다운 추억을 선물했다. 오로지 둘만의 시간을 갖는 첫 단추였고, 우리도 여행을 잘할 수 있다는 자신감을 심어준 곳이다. 노래 가사에 나온 한 소절이 긴 여행의 시발점이 되었고, 말하기 민망할 정도로 대책 없이 첫 여행지가 정해졌지만 미련이나 후회는 없다. 우리의 여행이고, 우리만의 여행이기에.

　모든 것이 낯선 환경이고
　아무도 우리가 누군지 모르는 그곳에서
　서로만을 의지한 채 여행을 했다.

　그동안은 변화를 두려워하는 삶을 살았다면,
　이제는 뜻대로 되지 않아도 변화를 받아들이며
　살아가고 싶다.

조금 더 자유롭게.

3년 2개월의 대장정.
이제부터 시작이다.

중요한 건 지금이 아니라 되고 싶은 내 모습

3년 전 동남아 여행 중 라오스에 있을 때였다. 숙소에서 만난 한국인 여행자가 자신이 매년 찾는 곳이 있는데 그곳의 운해가 너무나 황홀하고 멋지니 가보라며 추천을 했다. 그곳의 이름은 '푸치파'. 태국과 라오스 국경에 있는 태국의 작은 마을로, 운해가 굉장히 아름다운 곳이라고 한다.

노력 없이는 대가도 없다고 했던가? 이곳은 가는 것부터 힘들었다. 거의 알려지지 않은 곳이라 정보도 없었고, 현지인들과는 대화가 통하지 않으니 외딴 나라에서 길을 찾는데 난감해도 이렇게 난감할 수가 없었다. 정말 겨우겨우 현지인의 도움을 받아 푸치파에 갈 수 있었다. 마을에서 가장 높은 산등 성이로 올라가면 산속 깊은 곳에 있는 라오스의 작은 마을을 볼 수 있는데 그곳이 우리가 찾던 푸치파였다. 한국으로 따진 다면 아주 외진 산골 중에 산골 동네였다. 이렇게 도착하기까 지 조악한 환경임에도 불구하고 관광객뿐 아니라 수많은 태국 현지인들의 사랑을 받는 곳이었다. 우리는 근처에서 숙소를 잡고 다음 날 새벽, 운해를 보기 위해 산 정상으로 향했다. 나 는 운해라는 걸 태어나서 본 적이 없기 때문에 기대 반, 설 렘 반이었다.

처음 본 운해는 신선한 충격이었다. 고도가 그렇게 높지도 않은데 우리보다 아래에 구름이 있다는 게 신기했다. 우리는 눈앞에 펼쳐진 황홀한 광경을 한참 동안 넋을 놓고 바라보았 다.

'구름 운, 바다 해.' 일명 구름바다라고 불리는 운해는 구름 이 산과 산 사이를 커다란 솜사탕의 모습으로 연결해 주고 있 었다. 이것은 대기 아래층의 온도가 높아서, 역전층이 존재할 때 발생하는 현상으로 이곳 푸치파에서는 겨울에만 볼 수 있 다. 산꼭대기에서 바라본 푸치파의 운해는 아주 작은 섬 주변 을 파도치지 않는 흰 바다가 에워싸고 있는 그림 같았다. 우리는 어렵게 찾아온 만큼 원 없이 한참을 바라보았다.

여행을 하다 보면 어떤 정보도 없이 사진 한 장을 따라가는 일이 생기기도 한다. 그렇게 따라가다 보면 상상하던 이미지가 실제의 장면이 되기도 한다. 상상을 놓치지 않고 따라가다 보면 현실이 되는 것이다.

영화 《월터의 상상은 현실이 된다》에서 좋아하는 구절이 있다.

"세상을 보고 무수한 장애물을 넘어 벽을 허물고 더 가까이 다가가 서로 알아 가고 느끼는 것. 그것이 바로 인생의 목적이다."

운해를 본 뒤로 내가 가진 장벽이 한 겹 벗겨진 느낌이었다. 그날 핸드폰 메모장에 이렇게 적었다.

"우리 위에는 별이 있고, 밑에는 산이 있으며, 산을 둘러싸고 있는 구름. 억지로라도 푸치파에 온 이유는 이 아름다운 자연을 보기 위해서였다."

내가 먼저 다가가지 않으면, 아무것도 나에게 다가오지 않는다. 예정에 없던 이곳에 먼저 다가가면서 세상에는 내가 경험해 보지 못한 일이 많다는 것을 느끼게 되었다. 한 번 만에 원하는 곳에 도달할 수는 없어도 따라가다 보면 어느새 현실이 되어 눈앞에 나타날 테니까. 마음이 살아 있다면 결국 원하는 곳으로 갈 수 있다는 걸 믿게 되었다.

'작은 시작은 언제나 큰 꿈을 만들어 낸다.'

나의 경험이 내 삶에 가장 필요한 이야기

여행지를 방문할 때 남들이 좋다고 말했던 여행지가 나에게는 좋지 않았던 경험이 많았다. 사람마다 입맛도 다르고 취향도 달라서 선호하는 여행이 다르기 때문이다.

우리가 만났던 대부분의 사람들은 캄보디아가 좋다고 말했다. 유네스코 세계문화유산인 앙코르와트를 실제로 보면 더 감동적이고, 저렴한 현지 물가에, 친절한 사람들까지. 다양한 SNS 여행 채널에서도 캄보디아는 동남아 중에서도 꼭 가봐야 하는 아름다운 곳이라며, 우리의 기대를 한껏 높였다.

한번은 동남아를 여행하는 시기에 친정 부모님께서 베트남과 캄보디아 여행이 계획되어 있다는 소식을 듣게 되었다. 부모님의 일정은 정해져 있기에, 시기를 잘 맞춘다면 캄보디아에서 부모님을 만날 수 있었다. 우리는 정해진 일정이 없는 장기 여행자였다. 일정을 조율하는 것은 식은 죽 먹기이기에 부모님 여행 일정에 맞추기로 했다.

그때 우리는 태국을 여행하고 있었고, 부모님을 만나기 위해서는 태국-캄보디아 국경을 넘어야 했다. 부모님의 해외여행 일정에 맞춰 태국에서 캄보디아로 향하는 길. 국경에서부터 일이 조금씩 꼬이기 시작했다. 방콕에서 출발한 버스는 캄보디아 국경에서 멈췄다. 비자 발급을 받기 위해 출입국 관리소로 향했다. 캄보디아 비자 비용은 30달러로 알고 있는데 45달러를 달라고 한다. 이게 무슨 도둑놈 심보인가 생각이 들어 한참을 이야기하며 싸웠지만 결국 손해는 우리다.

비자 발급이 안 되면 캄보디아에 갈 수 없다. 억울하고 찜찜했다. 우여곡절 끝에 비자를 발급받고 버스를 탔는데 국경을 넘더니 다른 버스로 갈아타라고 말을 한다. 분명 다이렉트 버스라고 했는데, 이건 또 무슨 일인가. 말이 잘 통하지 않기에 일단 시키는 대로 했다.

예상 시간보다 늦게 캄보디아 시엠립에 도착했고 미리 알아본 버스 터미널이 아닌 으슥한 골목에 있는 버스 차고지에 우리를 내려 주었다. 미리 기다리고 있던 툭툭 기사들이 버스에서 내리는 관광객들에게 다가와서 예약한 숙소까지 무료로 데려다주겠다고 말했다. 의심 속에 툭툭을 탔는데 앙코르와트 투어를 저렴한 금액에 해주겠다고 말한다. 아직 계획이 없다고 말했더니 그럼 툭툭 비용을 지불하라고 화를 낸다. 내지 않겠다고 하니 어디인지도 모르는 곳에 우리를 버리듯이 쫓아냈다. 캄보디아의 첫인상이 좋지만은 않다.

식당에서는 닭튀김을 주문했는데 음식 조리가 덜 되어서 닭에서는 피가 줄줄 흘렀다. 직원에게 말을 했지만, 새로 조리하기는커녕 대충 전자레인지에 돌려서 다시 가져왔다. 참다 참다 결국 먹지 않겠다며 환불을 받았다. 두 번째 식당에서는 다 먹고 계산을 했는데 거스름돈을 주지 않았다. 식당 직원은 팁이라는 명목으로 돈을 주지 않겠다는 것이었다. 얼마 되지 않는 금액이지만 만족스럽게 식사를 한 후 기분 좋게 주는 게 팁이라고 생각하는데 우리의 의지와 상관없이 직원의 임의대로 거스름돈을 챙겨서 불쾌했다. 매니저를 불러 왜 이런 상황이 발생한 거냐며 따졌더니 미안하다며 그제야 거스름돈을 주었다. 그뿐만 아니라 기념품 가게 같은 경우에는 같은 상품이 어도 가게마다 가격이 천차만별이었다.

　우리는 캄보디아를 오래 둘러볼 생각이었지만 크고 작은 사기 때문에 4박 5일 만에 캄보디아를 나오게 되었다. 캄보디아에서 베트남으로 가는 버스 역시 다이렉트 버스라고 해서 예약했는데 버스를 타고 가는 도중에 갑자기 멈춰 서더니 도로 한복판에서 작은 버스로 갈아타야 했다. 처음부터 끝까지 실망스러웠다. 캄보디아 여행은 무례한 사람들로 인해 좋지 않은 기억으로 남았다.

　어떤 것을 판단할 때
　주위 사람들의 이야기만 듣고
　판단하면 안 된다.
　경험해 보지 않으면 모른다.

　다른 사람에게는 잘 맞지 않는 사람 또는 공간이
　나에게는 잘 맞을 수도 있기에.
　나의 삶은 나의 경험이 진짜 이야기다.

내가 본 것들
내가 경험한 것들.

내가 보고 경험한 것을 통해서만
나와 잘 맞는 것을 찾을 수 있다.

캄보디아 여행은 나와 잘 맞지 않았지만 좋은 경험이라 생
각한다. 많은 경험들이 진짜 나의 모습을 찾게 도와줄 것이다.

걱정이 많은 사람

나는 생각이 많은 사람이다. 아직 벌어지지 않은 일들에 대
해 상상의 나래를 펼치며 다양한 상황을 시뮬레이션 해본다.
물론 좋은 쪽보다는 안 좋은 쪽으로.

걱정이 많은 것은 낯선 땅에서 아무런 도움이 되지 않았다.
새로운 것을 찾아 움직이는 여정에서 일어나지 않은 일에 대
해 미리 걱정을 하면 할수록 나를 더 움직일 수 없게 만들었
다.

그래서 그냥 걱정하지 않는다.

계속해서 나아가야 하기에,

계속된 걱정은 아무것도 하지 못하게 만들기에.

걱정을 줄이는 나름의 방법이 생겼다. 예를 들어, 나는 다른 나라로 이동하는 초행길마다 '길을 못 찾으면 어쩌지?'라는 걱정이 들었다. 그럴 때는 미리 공항이나 터미널에서 숙소까지 갈 수 있는 대중교통을 알아보았다. 많은 여행자가 도난 사고나 강도를 만나 아찔한 순간을 겪었다는 말을 들었다. 그 후로 중요한 소지품은 따로 관리해서 잃어버리지 않도록 항상 주시했다. 또한 모든 여행이 끝나면, 마치 꿈을 꾸다 깬 것 같았다며 나중에는 여행을 한 건지 기억도 안 난다는 얘길 들었다. 그래서 여행하는 이 순간을 하나라도 더 생생하게 간직하기 위해 사진과 영상을 찍고 그때의 기분을 글로 남겼다. 모든 걸 완벽하게 대비할 순 없지만, 걱정이 될 만한 일들이 걱정되지 않게 해결책을 모색해 본다. 아무런 행동을 하지 않고 가만히 걱정만 하고 있는 것보다는 마음이 훨씬 편하다. 걱정이 들면 해결 방법을 찾아보자.

그런데 지금 해결할 방법이 없다면 더 걱정하지 않아도 된다. 어차피 일어난 일도 아니며 지금 할 수 있는 일도 없으니

까. 일어나지 않은 일을 일어난 일인 것처럼 생각하느라 지금
을 낭비할 필요는 없으니까.

일어나면 그때 생각하자.
그리고 걱정하지 말자.

안 좋은 일이 일어나도 결국은 좋게 풀릴 것이다.
계속 노력하면 결국에는 좋은 순간을 만들 테니까.

좋은 기억

　동남아 4개월, 네팔과 인도 2개월을 여행하고 유럽 여행을 준비 중이었다. 여행 경비가 상대적으로 많이 필요한 유럽에서 어떻게 하면 경비를 절약할 수 있을지 고민했다. 여러 방법을 찾아보던 중 재미있게 경비를 줄일 방법을 발견했다.

　우리는 캠핑 여행을 하기로 했다. 정확히 105일 동안 자동차를 *리스(lease)했다. 유럽의 많은 국가는 국경이 열려 있어 자유자재로 움직일 수 있었다. 유럽에서 자동차를 빌리고, 마트에서 캠핑 용품을 구매하고, 시설이 잘되어 있는 캠핑장에서 음식을 만들어 먹으면 비교적 저렴한 경비로 유럽 여행을 할 수 있다.

　하지만 우리의 첫 캠핑 여행은 생각만큼 아름답지 않았다.
두꺼운 오리털 점퍼를 입어야 하는 4월의 유럽은 가만히 있어
도 손발이 시리고 매서운 칼바람은 겉옷을 뚫고 뼈까지 시리
게 했다. 우리는 서늘한 유럽의 겨울바람을 뚫고 첫 캠핑장에
도착했다. 벨기에 브뤼셀 근교에 있는 작은 마을의 캠핑장에
는 손님이 그리 많지 않았다. 그것도 그럴 것이 엄동설한의 날
씨에 누가 굳이 따뜻한 집을 놔두고 캠핑장에서 사서 고생하
겠는가. 주변을 둘러보니 인적이 느껴지는 곳에는 으리으리한
캠핑카가 세워져 있었다. 우리를 제외하고 이곳에 캠핑을 즐
기러 온 사람들은 최소한 캠핑카를 준비했고, 그 안에서 그들
만의 추억을 만들고 있었다. 작은 자동차에 의지해 원터치 텐
트를 펴고 잠을 청하는 사람은 우리뿐이었다.

　그 흔한 랜턴조차 없던 우리는 서둘러 핸드폰 불빛을 켜서
텐트를 치고 저녁을 지을 준비를 했다. 가지고 있는 용품이라
곤 작은 프라이팬과 가스버너였다. 캠핑장 바닥이 고르지 못
한 탓에 프라이팬 손잡이를 한 손으로 꼭 쥐고, 다른 한 손으
로는 고기를 굽기 시작했다. 어둠 속에서 쪼그려 앉아 고기를

굽고 있는 모습이 안쓰러워 보였는지, 옆 사이트에 있는 유럽 친구들이 슬며시 다가와서 랜턴이 필요하면 선뜻 빌려주겠다고 말했다. 우리가 처한 상황에서 이보다 더 달콤한 말이 있을까? 고맙다며 인사를 건네고, 그들이 준 랜턴을 켜자 주변이 한결 밝아졌다. 서둘러 고기를 굽고 저녁 식사를 마쳤다.

상상했던 로맨틱한 유럽 캠핑 여행이 아니었다. 추운 날씨 속에서 굶지 않도록 필사적으로 노력하는 우리의 모습이 웃기면서도 슬프기도 했다. 어둑어둑해진 캠핑장에서 우리가 할 수 있는 일은 그저 칼바람을 피해 텐트 속에서 몸을 녹이는 일이었다. 텐트 안에는 땅의 냉기가 오지 않도록 깔아 놓은 에어매트와 얇은 기능성 거위 털 침낭이 우리를 기다리고 있었다. 텐트 속으로 들어가 보니, 이곳에서 잠을 잘 수 있을지 의문이 들기 시작했다. 얇은 막의 텐트는 바람만 살짝 막아 줄 뿐, 차디찬 4월의 벨기에 공기가 그대로 느껴졌다. 잠이라도 금방 들면 다행이겠지만, 차가운 공기 탓에 잠에 들기 만무했다. 당장 내일이라도 캠핑 용품점에 들러서 필요한 물품을 갖춰야겠다는 생각만 가득했다. 그날 우리는 하루 종일 구매 목록을 고민하며 잠을 청해야 했다.

우리의 첫 시도는 예상과 달랐지만, 어느 정도 캠핑 용품을 갖추자 여행의 질이 완전히 바뀌었다.

우리가 원하는 곳에
우리가 원하는 시간에
우리가 원하기만 하면
어디든지 달려갈 수 있었다.

자유를 느꼈다.

어쩔 수 없이 하거나 하고 싶은 걸 하지 못하는 순간들이 반복적으로 쌓일 때 큰 스트레스가 되는데, 지금 만끽하는 자유로운 기분이 그동안 쌓인 스트레스를 해소시켜 주었다.

초보 캠퍼이기 때문에 근사한 캠핑 용품은 없었지만, 전기 쿠커와 버너 하나로 매일 근사한 저녁을 먹을 수 있었다. 진수성찬이 아니어도 괜찮았다. 갓 구운 삼겹살에 김이 모락모락 나는 하얀 쌀밥만 있으면 됐다. 사랑하는 사람과 함께이기에 어떤 음식이든 맛있었다. 캠핑의 시간이 길어질수록 요리 실력도 늘었는데, 나중에는 한국식 양념 치킨이 먹고 싶어서 양념 소스와 순살 튀김까지 직접 만들어 먹었다. 세계 각국의 음식을 먹어 봤지만 유럽 여행을 하면서 직접 만들어 먹었던 우리나라 음식이 일품이었다.

주어진 한계 안에서 할 수 없는 것을 바라보는 것보다 열악한 환경 속에서도 할 수 있는 것을 바라볼 줄 알아야 된다. 할 수 있는 것들을 하나씩 해결해 나갈 때 자유를 느낀다. 상황을 부정적으로만 바라본다면 자유를 잃게 된다. 어떤 상황이어도 분명 시작할 수 있는 작은 일들이 존재한다. 그 작은 일들을 포기하지 않고 하나씩 해결해 나가 보자. 무거웠던 마음이 훨씬 자유로워질 수 있을 거라 생각한다.

*리스 : 임대차 계약.

오늘 하루가 예상대로
흘러가지 않았다고 낙담하지 말기를

　유럽에서 렌터카 여행을 한다는 건 분명 이점이 있다. 지도에서 원하는 곳을 콕 집으면 운전대를 움직여 그곳을 찾아갈 수 있다는 것과 미리 대중교통을 알아보지 않아도 되고, 막차 시간에 상관없이 머물고 싶은 곳이 생기면 원 없이 머물고 떠날 수 있다는 것이다.

　딱 하나 안 좋은 점을 꼽자면 바로 주차 문제다. 목적지에 다다르면 주차장을 꼭 찾아야 한다. 간혹 갓길에 살짝 대고 할 일을 보고 타기도 하지만, 차를 주차하는 시간 내내 조마조마하는 마음을 감출 수 없다. 그리고 도난의 위험이 있으므로 비용을 지불해서라도 방범 시설이 갖춰져 있는 유료 주차장을 찾아 차를 대곤 했다.

오스트리아 빈을 여행할 때였다. 마트에서 장을 보기 위해 차를 대야 하는데, 마침 앞에 주차되어 있던 차가 빠지길래 "오 명당자리다!" 하면서 고민도 없이 주차했다. 장을 볼 거라곤 음료와 과일 몇 개가 전부였기 때문에 10분 만 대고 얼른 사 오자며 명당자리에 주차를 하고 장을 보고 나왔다.

차 유리에는 그전에 보지 못했던 종이 한 장이 꽂혀 있었다. 남편과 눈이 마주쳤다. 불길한 예감은 정확히 들어맞았다. 벌금 고지서였다. 10분 정도 잠깐 주차한 사이에 딱지를 끊은 것이다. 고지서를 계속 들고 다니고 싶지 않아서 벌금을 어디서 내야 할까 고민하다가 무작정 경찰서로 향했다. '경찰관은 알겠지' 하며 지도에 'police office'를 검색했고 가장 가까운 곳으로 갔다. 경찰관은 우리가 들이민 고지서를 보더니 우체국에 가서 내면 된다고 친절히 알려 주었다.

이날 오후 일정은 저녁을 먹고 푹 쉬는 거였는데, 일정이 없길 천만다행이었다. 없는 일정에 뜻하지 않은 새로운 일이 추가되니 장기 여행은 이런 상황에서 천 번 만 번 마음이 편하다. 우체국을 가는 길에 익숙한 간판이 보였다. 생전 처음 오는 이 길에 익숙한 간판이라니. 남편에게 기억해 보라 말해 보지만, 절레절레 고개만 흔들 뿐이다. 머릿속 어딘가에 있는 기억을 요리조리 뒤져 보니, 영화 《비포 선라이즈》 속에 나왔던 그 레코드 가게였다. 홀린 듯 가게 안으로 들어가 영화 속 남자 주인공과 여자 주인공이 된 것처럼 설레는 느낌을 한껏 받았다. 예상치 못한 벌금 딱지에 화가 잔뜩 났다가 또 예상치 못한 곳에서 만난 영화 촬영지라니. 아이러니한 기분을 표현할 새도 없이 화가 사르르 녹았다. 경찰서를 가지 않았다면, 머나면 오스트리아까지 와서 재밌게 본 영화 속 레코드 가게를 그냥 지나쳤을 게 뻔했다. 그리고 나중에 다시 영화 《비포 선라이즈》를 보며 외쳤겠지.

"여기가 오스트리아 빈이었어??!!"

세계 곳곳을 다니다 보니 알게 된 사실 하나는, 예상치 못한 좋지 않은 일이 생겨도 그 상황 안에 갇혀 있지 말고 빨리 빠져나와야 한다는 것이다. 아직 남은 여정이 많은데, 좋지 않은 일에 사로잡혀서 남은 일정까지 망치면 안 된다. 살다가 마주한 일이 지금의 나로서는 감당할 수 없는 일이라면 어떻게 해야 할까. 그 일에 더 머물지 않도록 가능하면 빨리 털어 버려야 한다. 그리고 마주할 다음 상황을 즐겁게 살아가야 한다.

계획대로 일이 풀리지 않아도 또 다른 곳에서 새로운 기회가 나를 향해 얼굴을 들이밀 수도 있으니, 오늘 하루가 예상대로 흘러가지 않았다고 낙담하지 말기를. 분명 내일은 오늘의 나를 기분 좋게 해줄 새로운 일들이 기다리고 있을 테니까.

생각할 시간이 필요해서 떠나왔는데
여행 중에도 시간에 쫓기는 기분은 왜일까.

하나라도 더 보려 하지 말고
하나를 보더라도 후회 없이 보자.

살아가는 많은 순간을.

Part 2

완벽하진 않지만, 자신감 있게

때때로 인생은 예기치 못한
행복함이 찾아온다

　결혼 준비로 한창 바빴던 2014년도 초반에 우리는 중대한
결정을 내려야만 했다. 바로 신혼여행지에 대한 고민. 가장 먼
저 떠오른 곳은 그토록 가고 싶었던 유럽의 프랑스와 스위스
였다. 프랑스 파리는 세계적으로도 유명한 낭만의 도시였고
여러 매체에서 아름답게 소개되는 에펠탑이 있는 곳이었다.
스위스는 만년설이 가득한 알프스산맥의 대자연을 보고 싶었
다. 사진과 영상에서만 봤던 스위스의 아름다운 모습을 실제
로 보면 어떤 기분이 들지 상상이 되지 않았다.

　하지만 12월에 웨딩마치를 올리는 우리에게는 한 가지 걱

정이 있었다. 12월의 유럽은 해도 짧고 굉장히 춥기 때문에 제대로 된 여행을 즐길 수 없을 것 같았다. 겨울이라는 계절만의 매력이 있겠지만 평생 한 번 갈 수 있는 신혼여행을 날씨 때문에 망치고 싶지는 않았다. 아쉬웠지만 언젠가는 꼭 프랑스와 스위스에 갈 것이라며 마음속으로 다짐하고 신혼여행지를 멕시코 칸쿤과 미국 뉴욕으로 바꾸게 되었다.

그러나 마음속에는 늘 프랑스와 스위스에 대한 갈망이 남아 있었는데 세계여행을 하게 되면서 갈 수 있게 된 것이다. 심지어 프랑스 파리에서는 빌린 차량을 픽업과 반납까지 해야 했기 때문에 다른 나라보다 상대적으로 오랜 시간 머물게 되었다.

여행을 좋아하는 사람이라면 한 번쯤은 가보고 싶은 그곳. 낭만의 도시로 유명한 그곳. 흉측하다며 철거하려고 했던 에펠탑이 있는 그곳. 프랑스의 수도이자 유럽 3대 야경 중 하나를 볼 수 있는 그곳.

드디어 그토록 열망하던 프랑스 파리에 첫발을 디뎠다. 도착해서 차량을 인수하자마자 가장 먼저 향한 곳은 에펠탑이었다. 설레는 마음으로 겁도 없이 파리 시내로 차를 끌고 들어갔다. 들떠 있던 마음은 금세 식어 버렸다. 프랑스 파리의 복잡한 도로 상황과 교통 체증은 예상하지 못했다. 극심한 교통 체증으로 내비게이션만 뚫어지게 봤다.

우회전을 하며 잠깐 고개를 든 순간 눈앞에 개선문이 있었다. 개선문이 보이자 우리는 서로 눈을 마주쳤다. 잠시 식었던 들뜬 마음이 다시금 불타올라 서로의 눈을 보며 미소 지었다. 그리곤 목청껏 환호성을 질렀다. 나중에 알게 된 사실이지만, 우리가 갔던 그 길은 샹송에 나오는 샹젤리제 거리였다. 우연히 본 개선문을 뒤로하고 에펠탑을 향해 조금씩 다가갔다. 멀리서 보였던 에펠탑이 눈앞에 가까워지자 개선문을 봤을 때보다 더 큰 소리로 함성을 질렀다. 이미 차 안은 벅찬 감동과 흥분이 넘쳐흘렀다. 충분히 아름답고 충분히 멋있는 에펠탑. 그제야 우리가 이곳, 프랑스 파리에 당도했다는 것을 실감했다.

프랑스 파리를 여행한 사람 중 몇 명은 이렇게 말한다. 지린내가 가득한 지하철, 눈 깜빡할 사이에 소지품을 도난당하는 도시, 길거리에 널브러져 있는 정리되지 않은 쓰레기를 보고 실망스럽다고. 하지만 적어도 우리에게 프랑스 파리는 명성에 걸맞은 낭만의 도시였다. 거리에는 바게트를 사서 집으로 향하는 사람, 센강에 앉아 여유롭게 맥주를 마시는 학생들,

아름다운 선율을 연주하는 예술가, 에펠탑이 한눈에 보이는 식당에서 와인을 즐기고 있는 사람들까지. 모든 것이 낭만적이었고 아름다웠다.

이후로 4개월간의 유럽 여행이 끝나고 차량을 반납하기 위해 다시 파리에 왔다. 두 번째 방문이었다. 이미 프랑스 파리 여행은 유럽 여행 초반에 다 했지만 에펠탑을 마지막으로 한 번 더 보고 싶은 마음에 에펠탑 앞의 마르스 광장으로 향했다.

워낙 유명하고 관광객이 많은 곳이라 사람들이 붐빈다는 건 알고 있었다. 마르스 광장에는 2002년 한일 월드컵 당시 거리 응원을 나온 사람만큼이나 많아도 너무 많은 사람들로 붐볐다. 어리둥절해 하면서 이유를 찾아보니 오늘은 7월 14일, 프랑스의 국경일인 '혁명 기념일'이었다. 프랑스 혁명 기념일은 1789년 7월 14일 프랑스 혁명의 발단이 된 바스티유 감옥 습격의 일주년을 기념해 이듬해 1790년에 실시한 건국 기념일이 기원이다.

우리는 우연히 마주한 기념일 덕분에 에펠탑의 새로운 모습을 볼 수 있었다. 원래 에펠탑은 저녁이 되면 에펠탑 전체가 금색을 띠다가 매시 정각에는 흰색 조명으로 10분 정도 반짝인다. 그리고 새벽 1시에 금색 불빛은 꺼지고 흰색 불빛만 반짝이기 때문에 '화이트 에펠'이라고 불린다. 이런 모습은 언제라도 볼 수 있는 평범한 에펠탑의 모습이다. 하지만 프랑스 국기 색의 조명으로 빛나는 에펠탑의 모습을 볼 수 있는 건 특별한 날, 혁명 기념일과 같은 행사에서만 볼 수 있다고 한다.

사실 파리를 여행하면서 가장 보고 싶었던 모습 중 하나는 에펠탑이 프랑스 국기 색을 띠고 있는 모습이었다. 파란색, 흰색, 빨간색의 불빛이 에펠탑을 세로로 3등분 하여 아름답게 바뀌는 모습이었다. 심지어 에펠탑을 배경으로 불꽃놀이까지 한다고 하니 꿩 먹고 알 먹는 기분이랄까? 1년에 한 번 하는 큰 축제라 부지런한 사람들은 일찍 도착해 잔디밭에 앉아 있었지만, 시작하기 몇 시간 전에 온 우리에게 남아 있는 자리는 없었다. 수많은 인파 속에서 우리 몸 하나 앉을 곳을 겨우 찾아 자리를 잡았다. 비록 잔디밭은 아니고 사람들이 지나다니는 흙 밭이었지만 나중에는 잔디밭에 자리가 없어서 우리가 앉아 있던 흙 밭까지 사람으로 가득 찼다. 우리를 포함한 이곳의 무수히 많은 사람들에게 바닥의 상태 같은 건 중요하지 않았다.

'이런 상황에서 흙 밭이 문제랴? 1년에 한 번 있는 큰 축제를 두 눈으로 볼 수 있는 좋은 기회인데!'

베트남에서는 25시간 야간 버스도 타보고 인도에서는 수많은 연착 속에서도 여행을 지속해 왔다. 여행 내공이 쌓인 우리에게 이 정도 기다림은 애교 수준이었다. 몇 시간 가만히 앉아 있는 건 식은 죽 먹기보다도 더 쉬운 일이었다. 간식도 챙기고 돗자리도 챙기며 철두철미하게 준비를 해온 사람들이 부러웠지만 생각하지도 않았던 모습을 볼 수 있다는 생각에 부럽다는 마음은 금세 사라지고 이 상황을 즐기기로 했다.

시간이 되었다. 잔잔한 음악 속에서 에펠탑의 모습은 카멜레온처럼 형형색색 색을 바꾸며 위엄을 뿜냈다. 다양한 색을 가진 에펠탑의 모습 중 단연 1등은 프랑스 국기를 담은 모습이었다. 이토록 아름다운 모습을 실물로 영접하고 있다니. 신혼여행으로 이곳에 왔다면 다시 와볼 생각은 하지 않았겠지? 그렇다면 이 광경도 보지 못했겠지? 신혼여행을 휴양지로 선택한 우리가 내심 기특했다. 그날 본 에펠탑은 경이롭고 고혹적이었다. 수시로 바뀌는 에펠탑의 모습뿐만 아니라, 이곳의 분위기와 화려한 불꽃까지 유럽 여행의 마침표를 제대로 찍는 느낌이었다.

간절히 소망하고 또 염원한다면
이루어진다는 말을 믿는다.

덕분에 세계여행을 하게 되었고
덕분에 프랑스 파리에 오게 되었으며
덕분에 유명한 페스티벌을 즐길 수 있었고
덕분에 에펠탑의 가장 아름다운 모습을 볼 수 있었다.

소망하고 염원한다고 모든 일이 다 이루어지지는 않지만
세계여행이 간절했던 만큼 회사에서 더 열심히 일했다. 이러
한 노력이 쌓이다 보니, 간절했던 소망이 이루어진 것이다.

오늘도 내가 가진 소망을 이루기 위해
간절한 염원을 담아 노력한다.

시간을 공유한다는 건 서로에게
소중한 추억을 만드는 일

여행 시간이 길어질수록 좋은 곳을 가고 맛있는 음식을 먹을 때마다 드는 생각이 있다. 부모님을 모시고 이곳에 같이 왔다면 참 좋아하셨을 텐데…. 가슴 한편에 드는 생각을 언젠가는 현실로 만들리라 다짐했다.

10개월간의 동남아, 유럽 여행을 끝내고 호주로 워홀을 가기 전, 잠시 짐을 재정비하기 위해 한국에 입국하기로 했다. 호주로 바로 들어가는 비행기 가격이나 한국을 경유해서 호주로 입국하는 비용에 큰 차이가 없었기 때문이다.

우리의 한국 입국 일정은 부모님들께 비밀로 한 상태였다. 매일 들고 다니던 배낭을 신혼집에 고이 내려놓고, 옷매무새를 가다듬을 새도 없이 밖으로 나왔다. 집 근처에서 식당을 운영하시는 시부모님을 뵈러 가기 위해서였다. 매일 SNS 혹은 전화로만 안부를 묻다가 갑자기 눈앞에 나타난 우리의 모습을 보면 부모님들이 어떤 반응을 보이실지 괜히 기대되었다.

'반가움에 와락 안아 주실까? 아니면 너무 놀란 나머지 눈물을 흘리시진 않을까?'

여행을 하는 내내 부모님이 해주시는 집 밥이 너무나 그리웠다. 식당을 하시는 시어머니의 손맛은 그 어디에서도 흉내 낼 수 없는 맛이라고 자부하기에 매번 2% 부족한 한식을 접할 때마다 보고 싶다는 마음이 커졌다. 우리는 크게 심호흡을 한 후, 시부모님 가게 문을 열어젖혔다. 호주에 있어야 할 자식들이 뜬금없이 가게에 나타난 걸 보시고 시아버지는 우리를 귀신 쳐다보듯 눈이 동그래지셨고, 시어머니는 당황한 모습을 한차례 보여 주시더니 이윽고 입꼬리를 양껏 올리며 반겨 주셨다.

시부모님과 만남을 잠시 뒤로하고, 이번엔 친정으로 향했다. 시부모님의 반응이 예상 밖이어서, 친정 부모님은 어떤 반응을 하실지 상상조차 안 되었다. 떨리는 마음을 부여잡고 익숙하게 지하철을 타고 아파트 문 앞에 멈춰 섰다. 매번 무의식적으로 누르던 현관문의 비밀번호가 생각이 나지 않았다. 남동생에게 미리 우리가 왔음을 알리고, 비밀번호를 알아냈다. 번호를 하나씩 누를 때마다 심장이 요동쳤다. 반가운 엄마의 모습을 볼 생각을 하니, 자연스레 눈시울이 붉어지며 입가에는 미소가 지어졌다. 엄마는 우리를 보더니, '뭐야 뭐야'를 외치며 현실을 부정하는 듯 눈물을 글썽이셨다. 엄마의 반응에 그동안 사무치게 그리워했던 마음이 느껴져 울컥함이 밀려왔다. 그리고 아빠가 오실 때까지 방 안에 숨기로 했다. 곧이어 아빠가 집에 들어오셨고, 엄마와 대화를 나누실 때 방 문을 열고 우리가 나타나니 놀라움을 감추지 못하시고 저만치 뒷걸음질 치셨다.

양가 부모님께서는 건강하게 돌아온 것만으로도 정말 감사하다며 잘 왔다고 여행 일정은 계획대로 잘 하고 온 거냐고 물어보셨다. SNS를 통해 매일 우리의 소식을 보고 계셨던 부모님은 당연히 호주로 이동했을 거라 생각하셨다고 했다. 다행히 건강상 문제가 있거나 2세가 생겨 급하게 들어온 게 아니라고 말씀드리니 안심하시는 눈치였다. 그렇게 자그마한 깜짝 이벤트를 마치고, 휴가 일정을 물어보시는 부모님께 드디어 우리의 오랜 계획을 말씀드렸다.

양가 부모님을 모시고 호주와 뉴질랜드 여행을 계획하고 있다고 했다. 혹시나 불편하지 않으실까 했던 우려와는 다르게 엄청나게 반가워하셨다. 부모님들께서는 6박 8일 일정을 내주셨다. 인원이 많으면 많을수록 좋지 않냐며 좋아하시는 모습에 한시름 놓고 여행 계획을 세울 수 있었다.

대망의 출국 날이 왔다. 경비를 조금이라도 줄여 보려고 나와 남편은 두 번의 경유를 하기로 했다. 부모님보다 먼저 호주 시드니 땅을 밟기로 했고, 부모님들은 조금이라도 편하게 오시라고 호주까지 직항을 타고 오셨다. 그날 온종일 있었던 이동에도 다들 힘든 내색 하나 없었다. 드디어 무사히 뉴질랜드 북섬 로토루아의 작은 마을에 도착했다.

우리는 짐을 풀자마자 도착함을 축하하는 의미로 근사한 저녁 식사를 열었다. 양가 부모님과의 첫 여행이기에 첫날부터 바비큐 파티를 하기로 했다. 근처 대형 마트에서 바비큐 재료를 구매했다. 숙소에서 우리만의 조촐하지만 행복한 저녁 식사가 이어졌다. 부모님께서는 뉴질랜드의 아름다운 모습보다 양가가 마음이 맞아 여행을 할 수 있다는 사실이 더 기쁘셨던 것 같다. 그렇게 양가 부모님이 서로에게 마음을 열고 친해지기 시작하면서부터 분위기가 무르익었다. 우리의 웃음소리와 고기 굽는 소리, 그리고 '짠' 하는 소리는 그날 새벽까지 이어졌다.

이후로 6박 8일간 뉴질랜드 북섬 그리고 호주 시드니를 쉴 틈 없이 여행했는데도 부모님들은 연신 밝은 표정으로 여행을 즐거워하셨다. 그동안 남편과 나만 여행을 해서 죄송한 마음이 들었는데 그런 마음이 한순간에 녹아내리는 듯했다. 물론 자유 여행이라서 번듯한 계획도 없이 다녔지만, 모든 여행이 끝나고 돌아온 지금까지도 다녀온 여행을 추억하며 즐거웠던 그 순간을 회상하신다.

부모님께서는 무엇보다 우리와 함께 낯선 이국을 여행했다는 사실 하나만으로도 행복했다고 말씀하신다. 어린 아이같이 행복한 표정으로 그날에 대해 말씀하시는 모습을 볼 때마다 함께 시간을 보내길 정말 잘했다는 생각이 든다.

시간을 공유한다는 건 소중한 추억을 만드는 것.
더없이 좋은 시간을 보내고, 여행을 하더라도
그것은 잠깐이지만 추억은 영원하기에.

서로가 추억을 나누면 오랫동안 마음이 연결된다.

좋은 것을 같이 보고 느꼈기에 기쁨은 배가 되어 돌아온다.

좋은 사람 곁에 머물면
마음이 조금 더 성장한다

회사를 다니며 모은 돈으로 아시아, 유럽을 10개월 동안 여행하고 나니 가지고 있던 여행 경비가 다 떨어졌다. 말 그대로 텅장. 예견했던 일이지만 막상 현실로 다가오니 걱정이 앞섰다. 하지만 우리는 나름의 대비를 해놓은 상태였다.

여행을 떠나기 전, 호주 워홀 비자를 막차로 신청했기 때문에 고민 없이 호주로 향했다. 목적은 오로지 여행 경비 모으기. 타지에서 그것도 여행 도중 1년 만에 다시 일을 하려고 하니 처음에는 정말 엄두가 나지 않았다. 하지만 어쩔 수 없이 경비 마련을 위해 일을 시작해야 했다.

워홀을 하면서 얻은 건 여행 경비만이 아니었다. 새로운 관계도 내 마음에 남게 되었다. 어린 친구들부터 나와 동갑인 친구들까지, 심지어는 외국인 친구들도 많이 사귀게 되었다. 호주에서 만났던 대부분의 친구들은 사소한 것도 나누기 좋아했다. 다른 사람을 먼저 생각하는 따뜻함을 가진 친구들이었다. 좋은 사람 곁에 머물게 되면서 우리도 그들의 따뜻함에 동화되는 것 같았다.

그래서인지 누군가 호주 워홀이 나에게 준 것이 무엇이냐고 물으면 제일 먼저 '사람'이라고 말한다. 호주에서 만났던 소중한 인연 중 가장 기억에 남는 사람이 있다. 20대 중반의 한국인 커플이었다. 호주 워홀에 대한 정보도 없이 무작정 입국한 우리에게 따뜻한 손을 내밀어 준 그들. 그들은 우리가 그동안 인스타그램에 올렸던 여행 이야기를 보고 있었다. 언젠가는 세계여행을 가고 싶으나 당장은 떠날 수 없어서 여행을 하고 싶은 마음은 잠시 접어 두고 일을 하며 지내고 있는 커플이었다. 연락이 닿은 과정은 이랬다. 때마침 우리가 이 커플이 살고 있는 지역으로 가게 되었고 소식을 들은 그들이 용기를 내어 우리에게 메시지를 준 것이다. 메시지 속에는 쑥스럽고 수줍은 느낌이 가득했다.

"호주에서 워홀 생활을 하며 톡톡부부 님을 응원하고 있는 커플이에요. 혹시 기회가 된다면 톡톡부부 님을 만나 뵙고 싶어요."

그들의 제안을 거절할 이유는 없었다. 우리는 서로의 시간을 조율하여 만나기로 했다. 누군가 우리의 대화를 엿들었다면 아마 기존에 알고 지내던 사이로 착각했을 것이다. 원래부터 알고 지낸 사이라고 해도 모를 정도로 금세 친해졌다. 이 커플에게 고마웠던 점은 우리보다 먼저 경험하며 알게 된 워홀에 대한 정보를 아낌없이 나눠 준 것이다. 게다가 서로를 배려하는 모습이 보기 좋았다. 알콩달콩 연애하는 모습이 마치 우리의 풋풋한 연애 시절을 보는 것 같았다. 우리와 나이 차이는 크게 났지만 그들은 오히려 더 친근하게 다가왔다. 그런 두 사람이 귀여웠다.

시간이 지나 이제는 서로가 또 다른 지역으로 이동을 해야 하는 상황이 되었다. 우리는 정보가 부족해 갈 곳을 잃었고 그들에게 지금의 상황을 말했다. 그러자 본인들이 머무는 곳으로 오라며 권유했다. 이곳으로 오게 되면 숙소와 일자리가 바로 해결된다고 말했다. 처음에는 의심스러웠지만, 그동안 서로 나누었던 대화로 유추해 보았을 때 우리에게 거짓말을 할 것 같진 않다는 생각이 들었다. 결국 알려준 지역으로 이동하기로 했다.

호주 워홀을 간다고 하면 가장 많이 듣는 말이 한국 사람을 조심하라는 말이다. 낯선 환경 속에서 만난 한국 사람 중 일부는 같은 한국인들에게 일자리를 속여 사기를 치거나 숙소 대여를 통해 개인의 이익을 얻는 경우가 비일비재하기에 이런 말이 나왔다. 이를테면 일부 한국인은 본인이 운영하는 숙소에 묵는다면 일자리를 준다고 유혹하는 공고를 올린다. 막상 그곳에 가면 하루에 4~5시간 만 일하는 좋지 않은 일자리를 소개해 준다. 심지어 매일 일하는 것도 아니고 일주일에 2~3번 출근하는 경우도 허다하다. 그렇게 생활하다 보면 일을 해서 버는 수입보다 방 값으로 지급해야 하는 지출이 더 큰 경우가 생기기도 한다. 혹시라도 사정이 생겨 갑작스럽게 방을 나가려고 하면 계약 위반이라며 보증금을 돌려받지 못하는 경우도 있다.

이렇게 좋지 않은 이야기를 많이 들은 터라 경계를 하면서 그들이 있는 그곳으로 향했다. 막상 가니 따로 알아보지 않아도 집을 쉽게 구할 수 있었고 심지어 좋은 일자리까지 소개받았다. 잠시나마 의심을 했던 우리가 초라해 보였고 미안했다.

그들과 같은 숙소에서 동고동락하며 7개월을 함께 생활했는데 단 한 번도 싸운 적이 없었다. 나이 차이가 많이 나는 이유도 있겠지만 서로 배려하고 양보하는 등 맞춰 가며 생활을 이어 갔기에 가능했다. 퇴근 후에 시간이 맞으면 늘 저녁 식사를 함께했다. 같이 생활하는 사람들끼리 마음이 맞지 않아서 숙소를 옮기는 경우가 많다는데, 적어도 우리 넷은 그럴 일이 없었다.

함께 생활하고, 함께 여행하고, 함께 웃고 즐기며 우리의 호주 생활은 그들 덕분에 행복했다.

좋은 사람과 함께할 수 있는 건
인생에서 가장 행복한 사실일지 모른다.

그리운 건 단순히 그곳의 모습이 아니라,
그날의 분위기, 날씨, 사람이다.
이 모든 것들이 생각나기에
그리운 것이다.

운 좋게도 보름달이 뜨는 날,
아그라를 방문하여
타지마할 야간 개장 티켓을 구했다.
30분간 감상할 수 있는 시간이 주어지고
주변에 모든 빛이 꺼졌다.
오로지 달빛에 의지하여 보는 세상은
오묘한 분위기를 만들어 냈다.

꿈을 꾸는 것 같았다.
가슴속에 지금을 담아야겠다.

늦은 시간에 방문한 재래시장에는
작은 공터만 휑하게 있길래,
"에~이" 하고 돌아섰다.
다음 날 아침에 찾아간 그곳에는
물건을 팔려는 사람과 사려는 사람이
활기차고 분주하게 움직인다.

사람 냄새나는 공간. 참 좋다.
사람 냄새가 참 좋다.

거리를 거닐며 들었던

다양한 음악들이 좋았다.

해가 넘어가는 그 순간도 좋았다.

머릿결 사이로 불어오는

시원한 바람도 좋았다.

아주 작은 사실들이 모두 마음에 들어

기분 좋은 날이 있다.

성취감과 자존감

한국에서 일했던 경력은 이곳, 호주에선 아무 쓸모가 없었다. 영어가 서툰 우리가 호주에서 구할 수 있는 일은 그다지 많지 않았다. 한인이 운영하는 식당이나 과일과 채소를 재배하는 농장 정도다.

우리는 일만 적응하면 큰돈을 벌 수 있다는 말에, 딸기 농장에서 일을 하기로 했다. 지도 어플로 대충 위치만 파악되는 곳, 이름도 처음 들어보는 카불처라는 지역으로 이동했다. 농장 근처에 방을 미리 구해 놨다는 한국인 관리자는 다짜고짜 마트에 내려 주더니 생활하는 데 필요한 물건을 사라고 했다.

잠시 어리둥절하던 우리는 이내 휴지, 쌀 등 닥치는 대로 크디큰 카트 바구니에 살림살이를 채웠다. 차가 없기에 지금 못 사면 걸어서 마트에 나오기는 힘들 것이라는 관리자의 말 한마디 때문이었다.

허리 위로 한참이나 올라오는 통 큰 고무줄 바지에 종아리에서 헐떡이는 장화, 그리고 햇빛을 가려줄 챙이 넓은 모자까지 뒤집어쓰고 농장으로 첫 출근을 했다. 우리의 업무는 딸기 *픽킹이다. 농장에 도착하자 넓디넓은 딸기 밭이 펼쳐져 있고, 나와 비슷한 차림을 한 사람들이 곳곳에 보였다. 시작 전에 관리자는 딸기를 따는 방법을 알려 주었다. 딸기를 살짝 잡고 톡 따면 된다고 한다. '생각보다 쉬운데?' 트롤리라 불리는 바퀴 3개 달린 작업용 카트를 끌고 다들 한 방향으로 빠르게 달려 나갔다. 나도 따라 해보겠다고 트롤리를 붙잡고 끌고 가려 하는데, 남들처럼 쉽게 움직이지 않는다. 어찌나 무겁던지 온몸에 힘을 주고 밀어야 겨우 끌렸다. 일을 시작하기도 전에 트롤리를 끄느라 힘을 다 빼버렸다.

본격적으로 딸기를 따기 시작하는데, 땡볕 아래에서 트롤리를 끌기 위해 허리를 숙이고 발을 구르며 두 손은 풀을 헤쳤다. 그러면서 동시에 딸기를 골라내는 작업이 쉽지 않았다. 기껏 골라서 상자에 담아낸 딸기는 아직 익지 않은 딸기라며 관리자는 나에게 주의를 줬다. 처음 하는 일이라 쳐도 이렇게 내 뜻대로 풀리지 않는 건 정말 오랜만이었다.

영혼이 탈탈 털린 채 힘든 몸을 끌고 집으로 왔다. 고작 5시간 정도 일했을 뿐인데 몸이 너덜거렸다. 온몸에 흙을 뒤집어쓰고 딸기 단내가 진동했다. 옷을 벗어 던지고 서둘러 씻었다. 아무리 씻어도 손끝에 남은 새빨간 딸기의 흔적은 지워지지 않았다. 평소에 쓰지 않던 근육을 아낌없이 썼던 탓일까. 손가락 하나 구부릴 힘이 없을 정도로 몸에 힘이 들어가지 않았다. 가만히 있어도 콕콕 쑤셔 대는 몸을 진정시키며 겨우 하루를 일하고 '과연 이 일을 계속할 수 있을까' 의문이 들었다. 얼른 적응하고 돈을 많이 모아서 다음 여행은 좀 더 풍요롭게 하고 싶었는데, 오늘 하는 거로 봐서는 얼마 못 가 그만둔 채 계획했던 여행 경비를 마련하지 못하고 한국으로 귀국할 판이었다.

당장은 다른 직업을 구할 수 없었다. 2개월 동안 한 농장에서 하루도 빠짐없이 딸기를 수확했지만 첫 농장에서는 큰돈을 벌지 못했다. 작은 농장이라 딸기의 양이 많지 않았다. 그럼에도 불구하고 땡볕에서 일하느라 얼굴은 시꺼멓게 그을리고 고개 숙여 일하다 보니 허리도 안 좋아졌다.

우리는 지역을 이동했고, 그곳에서 두 번째 일터를 구했다. 두 번째 농장에서는 픽킹에서 *팩킹으로 업무를 바꿨다. 실내에서 가만히 서서 일한다고 하여 농장계의 사무직이라 불리기도 한다. 포장 용기도 다양하고 그것에 맞게 포장하는 방법도 달라서 처음엔 엄청나게 애를 먹었다. 그래도 야외에서 온몸을 쓰고 벌레들과 사투를 벌이며 무거운 트롤리를 끌면서 일하는 것보단 백번 낫다. 내 이름은 사라지고 자리에 따라 호칭이 불린다. 예를 들면 빨간 라인에 두 번째 자리라면 '투 레드'라 불리는 식이었다.

매일 10시간 이상 일을 하다 보니, 어느새 남들만큼 적응해 있는 나를 발견했다. 당장이라도 한국으로 귀국해야 하나 고민하게 만들었던 통장 잔액은 우리의 노력이 더해져 조금씩 채워지고 있었다. 1년 만 일하고 떠나자며 들어왔던 워킹홀리데이가 어느새 그 1년이 채워지고 있었다.

처음 반년 동안은 고생만 하다가, 이제야 돈이 쌓이기 시작했는데 그냥 떠나긴 너무 아쉬웠다. 또한 목표했던 금액을 채우지 못한 채 다시 여행을 떠나야 한다는 게 한편으로 찜찜했다. 여행 경비를 목표만큼 채우고 싶은 마음이 간절했다. 고민 끝에 비자를 1년 더 연장하기로 했다. 목표 금액만 채워지면 미련 없이 떠나기로 했다. 정확히 2개월을 더 일했고 호주 워킹홀리데이를 시작한 지 1년 2개월 만에 목표 금액을 채웠다. 우리는 1년 2개월간의 살림살이를 남김없이 정리하고 호주를 떠났다. 다시 무거운 배낭을 메고 더 넓은 세상을 보기 위해 여행을 시작했다.

워홀을 하기 전까지는 비용에 대한 제약이 있긴 했으나 내 뜻대로 하고 싶은 여행을 마음껏 즐겼다. 가고 싶은 곳, 먹고 싶은 것, 보고 싶은 것을 보는 것. '내 뜻'이 가장 중요했다. 그런데 워홀을 시작하자, 내 뜻대로 할 수 있는 것이 없었다. 여기선 '내 뜻'이 아니라 '비용'이 가장 중요했다. 초반에는 빨리 이 상황을 벗어나고 싶다는 생각만이 강해서 '그동안 즐겁게 여행한 값을 톡톡히 치르는구나' 생각했다.

하지만 시간이 지나면서 점점 일이 손에 익었고, 목표했던 여행 경비가 채워지니 여행할 때는 느낄 수 없었던 또 다른 짜릿함과 성취감을 맛보았다. 오랜만에 느끼는 종류의 성취감이었다. 매일 빠져나가기만 하던 통장 잔고가 점차 쌓여 가자,

어떤 일이든 해낼 수 있겠다는 믿음 또한 쌓이기 시작했다. 워홀은 텅 빈 통장 안에 쌓여 가던 잔고처럼 내 안에서 사라져 가던 자신감을 일깨워 준 1년 2개월의 시간이었다.

*피킹(Picking) : 딸기를 수확하는 일.

*팩킹(Packing) : 수확한 딸기를 포장하는 일.

세상에 완벽한 사람은 없으니까

우리는 7년의 연애, 그리고 5년째 결혼 생활을 이어 가고 있다. 남편을 너무나 사랑하지만 딱 한 가지 고쳤으면 하는 것을 꼽으라면 바로 흡연이다. 남편의 건강을 위해서도 있지만, 가까이서 풍겨 오는 지독한 냄새에 인상이 찌푸려지고 나의 예민한 호흡이 순간적으로 가빠진다. 이 사실을 아주 잘 아는 남편은 흡연을 할 시간이 다가오면 살며시 눈치를 보고 자리에서 싹 사라진 후 돌아와서는 물도 마시고 가글도 하며 냄새를 없애려 애쓴다. 하지만 비흡연자인 나에게는, 남편이 아무리 발버둥을 쳐도 코끝으로 이상하고 기괴한 냄새가 스멀스

멀 퍼진다.

솔직히 여행이 길어지면 자연스레 흡연을 멈출 줄 알았다. 여행 경비는 내가 철저히 관리하고 있었고 흡연 관련해서는 일체 공용 자금을 지출하지 않았기 때문이다. 남편은 그동안 모아 두었던 쥐꼬리만 한 용돈과 결혼할 때 받았던 축의금을 야금야금 써가며 자기만족을 해야 했다. 평소에는 흡연을 해도 한 번의 째림으로 위기를 모면하곤 했지만 술을 마시는 날엔 흡연과 흡연 사이의 시간이 점차 짧아지니 서로 싸움꾼이 돼버린다. 기분 좋게 놀다가도 머무는 공간에서 담배의 냄새가 퍼지는 순간, 말투가 신경질적으로 변하고 서로 언사가 거칠어졌다.

사실 남편은 수도 없이 금연을 선언했다. 필요한 물건이 있거나 내 기분을 풀려 하거나 기념일적인 행사에 앞서서 "이번 달까지만 피우고 끊을게~"라는 말을 수도 없이 반복했다. 금연을 선언하는 남편의 모습을 증거 자료로 남기기 위해 핸드폰으로 동영상을 찍어 보기도 하고 자필로 서명을 받아 보기도 했지만 그 다짐은 길게 가지 못했다. 씩씩대는 내 모습을 보며 남편은 귀엽다는 듯 머리를 한번 쓰다듬고는 신난 표정을 짓는다. 그저 그 순간 내 마음을 사로잡기 위한 도구로 '금연'이라는 단어를 마구 사용하기에 이르렀다.

남편의 머리를 잘라 주다가 불현듯 아이디어가 떠올랐다. "오빠 금연 언제 할 거야? 이제 끊을 때도 되지 않았어? 내가 언제까지 오냐오냐하고 봐줄 것 같아?"라고 물어보면 마치 준비된 멘트인 양 "이제 안 피울게. 내가 만약에 피우면 네가 원하는 거 뭐든지 다 할게"라고 대답한다. "그럼 또 피우면 삭발해." 당차게 말했다. "머리 밀라고? 알았어. 이번엔 진짜 끊을게." 너무나 흔쾌히 수긍하는 바람에 적잖이 당황했지만, 이번에 걸리면 확 삭발을 시켜줄 테다, 하고 생각하니 상상만 해도 소심한 복수가 성공적일 것 같았다.

호주에서 워킹홀리데이 비자로 매일 일하며 시간을 보내다가 다가오는 크리스마스는 같이 사는 동생들과 골드코스트로 여행을 가기로 했다. 반복되는 일상 속에서 오랜만에 떠나는 여행이라 설렜다. 휴일에 쇼핑몰에 가서 옷도 사고 즐길 준비를 완벽하게 마쳤다. 일하던 농장에서는 크리스마스 전날 연말 파티도 열려서 부어라 마셔라 즐거운 시간을 보냈다. 남편 역시 분위기를 즐기려고 가리지 않고 술을 마셔서 그런지 얼큰하게 취해 있었다. 다들 분위기를 이어 나가고 싶었는지 집에 와서도 맥주 한잔을 기울였다. 테이블에 모여 이야기를 나누다가 화장실에 가겠다는 남편이 습관적으로 밖으로 나가 흡연을 했다. 술을 마시면 담배가 더 당길 터. 그동안 참고 있던 본능이 눈을 떠버렸다. 나는 이 기회를 놓치지 않았다. "딱 걸렸어 너!" 얼마 전 약속했던 내용을 기억하는지 한번 떠봤다.

"남편. 금연하기로 했는데 담배 피우면 어떻게 한다고 했지?"

고민의 시간은 길지 않았다. 남편은 뜨끔했는지 빙그레 웃더니 테이블 한편에 놓여 있던 바리캉을 집어 들었다. 나를 힐끔 쳐다보길래 고개를 살포시 끄덕였더니 바리캉의 캡도 씌우지 않은 채 우거진 풀숲의 사이를 가로지르듯 머리를 자르기 시작했다. 옆에서 장난치며 함께 웃고 즐기던 동생들도 순간 당황하여 서로의 얼굴을 쳐다봤다. 웃으며 신나게 머리를 밀다가 상황을 파악한 남편은 잠시 주춤하더니 이내 정신을 차리고는 마당으로 나가 어둠 속에서 머리카락을 전부 밀어 버렸다. 잠깐의 찰나에 남편은 밤톨이가 되었다. 내 눈엔 마냥 귀여워 보였지만 가뜩이나 인상이 강한 남편이 머리를 밀고 확 변해 버린 모습에 같이 지내던 동생들은 적응이 안 되는 모양이었다. 이때 영화 《범죄도시》가 개봉하여 인기를 끌고 있었는데 조폭으로 나오신 위성락 역의 진선규 님과 이미지가 똑 닮아 있었다.

　다음 날 한여름의 크리스마스를 즐기러 골드코스트로 가는 길에 주말마다 열리는 선데이 마켓에 들러 구경을 하는데 호주 현지인들이 남편을 피해서 다니기도 했다. 처음 느껴 본 주변 사람들의 반응에 "왜 사람들이 나를 피해 다니지?" 한다. 말없이 핸드폰 카메라를 꺼내 얼굴을 비춰 줬다. 빡빡 민 머리가 어색한지 계속해서 위아래로 만져 본다. 이때 이후로 과연 담배를 끊었냐고 물으신다면 여행이 끝날 때까지 절대 못 끊었음을 알린다. 잊을 만하면 금연을 선언하는 남편이 이번엔 정말 담배를 끊고 지내보겠다며 전자담배를 나에게 건넸다. 이번에는 성공할 수 있을까? 오늘도 남편을 믿어 본다.

우린 틀린 게 아니라 다를 뿐이야

코끝에 스치는 공기가 조금만 차가워져도 온몸에 소름이 돋고 추위에 몸을 떠는 한 사람이 있는가 하면 조그만 온기에도 덥다며 겉옷을 벗고 열을 식히는 또 다른 한 사람이 있다.

이렇게 우리는 서로 다르다.

여행을 하다 보면 나만 옳다고 생각하는 사람이 있다.
내가 생각하는 게 옳으며
상대는 틀렸다고 생각하는 사람이 있다.

그런 사람은 같이 여행하기 어려울 뿐만 아니라
함께하기 어려운 사람이다.

우린 틀린 게 아니라 다른 거라는 걸 이해하는 순간,
서로가 함께할 수 있게 된다.

서로를 사랑하는 마음으로 자주 바라볼 수 있게 된다.

오늘은 새로운 오늘이다

여행을 하면서 정말 많은 곳에서 석양을 봤다. 처음에는 장소에 따라 석양이 다르다고 생각했다. 하지만 호주 생활을 하면서 생각이 달라졌다. 같은 장소에서 석양을 봐도 그 모습이 항상 달랐다.

석양은 장소에 따라 다른 게 아니라 그저 하루하루가 다른 모습인 것이다. 석양만 다른 게 아니다. 모든 하루가 각기 다른 모습이다.

같은 시간에 출근을 하고,

같은 시간에 점심을 먹고,

같은 시간에 퇴근을 하고.

언뜻 보면 반복되는 일상 속에서

똑같은 삶을 살고 있는 것처럼 보이지만,

그렇지 않다.

다른 사람을 만나고,

다른 음식을 먹으며,

다른 생활을 하고 있다.

매일 다른 모습으로 곧 있을 어둠을 알리는 석양처럼.

오늘은 새로운 '오늘'이다.

너에게 더 잘해 줄걸

호주 생활에서 가장 중요하게 생각했던 것 중 하나는 집을 빌리는 것이다. 우린 총 3번 집을 빌려서 생활했는데, 첫 번째와 두 번째 집은 한인이 관리하는 집이었다. 마지막 집은 호주 현지인이 관리하는 집이었다. 그곳에서 집주인 1명과 호주인 여성 1명 그리고 우리 부부까지 4명이 생활했다. 그리고 집주인이 키우는 2마리의 강아지도 함께 지냈다.

집주인과는 비즈니스적인 관계로 거의 마주칠 일이 없었다. 하지만 '벤져'와 '알렉스'는 자주 마주쳤다. 그녀가 키우는 강아진데 우리는 함께 동고동락하면서 즐거운 추억을 만들었다. 이를테면 우리가 출근할 때마다 그들이 나와 배웅을 하기도 했고, 우리가 퇴근을 하면 그들에게 맛있는 간식을 주면서 유혹하기도 했다. 휴무인 날에는 마당에서 공놀이를 하기도 했고, 가끔은 함께 산책도 나갔다.

우리나라에서 강아지에게 교육할 때 '앉아'라고 말하듯이 호주에도 'sit down'이라고 교육한다. 처음에는 우리의 말투와 억양이 어색한지 듣는 척도 안 하다가 몇 주가 지나고 나니, 우리의 영어를 알아듣고 앉기도 했다. 가끔 재롱도 피우고 애교도 부렸는데 말썽은 단 한 번도 일으키지 않았다. 밤이 되면 낯선 사람들을 경계하며 우렁차게 짖을 때가 있었다. 그때마다 선잠을 자기도 했지만 우리를 지키고 있다는 생각이 들자 오히려 그들에게 고마운 마음이었다.

그렇게 14개월의 호주 생활이 끝났다. 언제나 그렇듯 만남이 있으면 헤어짐이 있기에 최대한 담담하게 짐을 싸고 마지막 인사를 하고 나오면 된다고 생각했다. 집을 떠나는 날, 집주인과는 그동안 고마웠고 다음에 기회가 되면 보자며 웃으며 인사했다. 여기까지는 마음이 가벼웠으나 두 강아지 벤져와 알렉스에게는 쉽사리 마지막 인사를 건넬 수 없었다. 우리가 떠나는 걸 아는지 이전에는 손에 간식을 들고 와달라고 애원해도 잘 오지 않았던 두 친구들이 이날만큼은 신기하리만치 우리 뒤를 졸졸 쫓아다녔다.

"오늘이 마지막인 걸 너희도 아는구나."

눈물이 날 것 같았다. 벤져는 그런 나의 마음을 알아챈 것처럼 무릎에 머리를 기대어 나를 위로해 주었다. 애써 눈물을 삼키고 마지막 인사를 하며 뒤돌아섰다.

매일 함께할 때는 느끼지 못하다가 헤어지는 시간이 다가오고 물리적 거리가 생기는 순간부터 알 수 없는 슬픔에 휩싸인다. 여행을 하면 새로운 누군가를 만나고 만남이 있으면 헤어짐도 있다. 헤어짐을 너무나 많이 겪었지만 겪을 때마다 힘들긴 마찬가지다. 그러나 헤어짐이 있어야 또 다른 만남이 있다는 생각으로 담담해지려고 애썼다. 매번 사람들과의 헤어짐에 익숙했던 우리가 강아지와 이별을 한다는 사실에 이렇게 슬플 줄 몰랐다.

이럴 줄 알았으면 간식이라도 조금 더 줄걸.

이럴 줄 알았으면 휴무에 더 신나게 뛰어놀걸.

이럴 줄 알았으면 산책도 많이 할걸.

"더 잘해 줄걸."

누군가와 나누던 좋은 시간을 떠나보내게 될 때마다 드는 후회다. 그걸 알면서도 매번 잊게 되는 이유는 무엇일까, 왜 모든 게 영원할 거라 생각하며 가장 소중한 지금 함께하고 있는 사람과의 시간을 소홀히 하게 되는 걸까.

만남이 있으면 헤어짐이 있다.
매번 마지막인 것처럼 진심을 다하는 것.
그럼 이별이 슬프지만은 않겠지.

여행 병

여행을 가기도 전에 생기는 병이 하나 있다. '혹시나 병.'

"혹시 이게 필요하지 않을까? 혹시 여행지에 도착했는데 필요한 물건이 없어서 곤란한 상황이 되면 어쩌지? 혹시 갔는데 유심을 살 수 없으면 어쩌지? 미리 알아본 버스가 없으면 어쩌지? 내가 필요한 물품을 판매하지 않으면 어쩌지? 혹시 강도가 출몰하거나 도난 사고가 발생하면 어쩌지? 이곳에 가도 되는 건가?" 우리에게 아무 일도 일어나지 않은 이 시점에서 '혹시나' 하는 걱정이 쌓이기 시작하면 마음이 무거워지고 여행 짐은 점점 늘어만 간다(실제로 여행을 출발할 때 남편 짐은 뒤 배낭 18kg, 앞 배낭 8kg, 아내 짐은 뒤 배낭 16kg, 앞 배낭 6kg이었다).

무사히 여행을 하는 중에도 어김없이 다른 병이 찾아온다. '온 김에 병.'

세계여행 이전에 다녀온 해외여행이라고는 신혼여행을 포함해서 겨우 3번이었다. 어디를 가더라도 전부 새롭고 신기했다. "여기 온 김에 저기도 가볼까?" 투어를 예약할 때도 하나만 알아보고 갔는데 직원이 추천해 준 투어도 해야 할 것만 같은 느낌이 들었다. "온 김에 할까? 온 김에 먹을까?" 이것저것 욕심내서 다 하다 보면 그날 하루는 2만 보 이상 걷곤 했다. 숙소에 돌아오면 녹초가 되었고 다음 날 일정을 소화하는 게 쉽지 않았다. 하지만 여행 초반에는 "온 김에 다 해봐야지. 안 하고 나중에 후회하는 것보다 낫지"라는 생각이 쉬이 사라지지 않았다. 그래서 내 몸을 혹사시켜서라도 일정 안에 많은 걸 보고 많은 걸 먹으려고 했다.

이렇게 '여행 병'에 걸린 사람들에게 추천하고 싶은 약이 있다. '굳이 약.'

'누군 이걸 했대, 여기 가면 좋대, 꼭 이걸 먹어 봐.' 우리의 여행 계획을 누군가에게 말하면 꼭 해보라며 이것저것 조언을 해준다. 여행 초반에는 '온 김에 병'에 심각하게 걸려 있어서 남들이 추천하는 모든 것을 다 해야 하는 줄만 알았다.

하지만 만족도는 떨어졌다. 내가 좋아서 떠난 여행인데 남을 만족시키는 여행을 하고 있었다. 인생 맛집이라고 해서 찾아간 그곳은 웨이팅이 길고 가격은 비싸기만 했으며 서비스는 불친절해서 기분이 상한 적도 있었다. 힘들게 버스를 타고 지하철도 타서 찾아갔는데 기대했던 것보다 좋지 않은 경치에 실망을 한 적도 있다.

어떤 나라를 여행할 때 즐거운 일이 가득하고, 좋은 사람을 만나고, 맛있는 음식을 먹는다면 당연히 좋은 기억으로 남는다. 반대로 사기를 당하거나 안 좋은 사람을 만나고, 먹는 음식마다 맛이 없다면 나쁜 기억으로 남는다. 이런 당연함을 간과한 채, 단순히 남들이 추천하는 곳을 모두 가는 게 정답이라고 생각했다. 그런데 생각해 보니 여행하는 방법에는 정답이 없었다. 여행을 하는 데에 결정권은 여행의 주최자인 우리에게 있고 어떤 여행을 하든 둘이 만족하면 그만이었다. 그때부터 '굳이 약'을 사용하기 시작했다.

여행을 다녀 보니 자연스레 내가 좋아하는 것과 싫어하는 것을 구분할 수 있는 능력이 생겼다. "굳이 해야 하나? 굳이 먹어야 하나? 그냥 내가 좋아하는 거, 하고 싶은 거만 하면 되지"라는 생각에 이르자 그제야 만족도 높은 여행이 시작되었다.

남들이 보기에 좋은 거 말고,

내가 하면 기분 좋고 만족스러운 것을

하면서 살자.

오늘도 행복하지 않았다면

　누구나 버킷리스트 하나쯤은 존재한다. 나 역시 가슴 깊은 곳에 숨겨 놓은 꿈이 있었는데, 아무에게도 말하지 않았던 아주 사소한 것이었다. '메이저리그 경기 관람.' 어떻게 보면 사소하지만 떠나지 않으면 이룰 수 없는 나만의 버킷리스트.

　유년 시절, 야구를 좋아했던 나는 새벽에 일어나 박찬호 선수의 엄청난 활약을 보며 다짐했다. 언젠가는 미국에 가서 야구를 보리라. 꿈만 같았던 일이 아내와의 세계여행에서 이루어졌다.

우리가 미국을 여행하는 중, 마침 *MLB 포스트시즌 중이었다. 미국에 사는 친구 덕분에 *LA 다저스 경기 티켓을 예매할 수 있었다. 20년도 훨씬 지난 옛날에 1,000원을 들고 집 근처 야구장을 찾았던 순수한 시절의 내 모습을 다시 볼 수 있었다.

MLB는 딱히 응원 문화는 없고 점잖게 야구만 볼 거라고 예상했는데, 오히려 *홈 팬들이 하나가 되어 직접 응원을 주도하고 있었다. 덩달아 신난 나는 목이 쉬어라 응원했다. 옆에 있는 아내도 오랜만에 보는 야구 경기라 그런지, 덩달아 신이 나서 박수를 치고 함성을 지르며 축제 분위기 속에 취해 있었다. 어디에서부터 시작되는지 알 수 없는 누군가의 작은 함성이 메아리가 되어 경기장에 있는 모든 홈 팬들의 목소리는 하나가 된다. 열정적인 응원 덕분에 우리가 응원하는 LA 다저스 팀의 승리로 경기가 끝났다.

똑같은 취미를 갖고 있는 사람들과 함께하는 일은 더할 나위 없이 행복한 일이다. 아내한테도 말하지 않았던 내 마음속 버킷리스트. 우리가 여행을 떠난 덕분에 이룰 수 있었고 나의 부탁을 들어준 아내가 있어서 이룰 수 있었다.

소확행이라는 말이 있다. 남들에게는 아무것도 아닐 수 있지만 적어도 나에게는 유년 시절을 회상하며 그때 새겼던 내 작은 꿈을 이룬 소확행의 순간이었다. 1,000원을 들고 야구장을 찾은 어렸을 적 나와 20년 뒤 메이저리그 야구장을 찾아 어린 시절을 회상한 나처럼, 행복을 찾는 건 어렵지 않다. 행복하지 않다고 느껴진다면, 마음속에 고이 간직한 작은 버킷리스트부터 실현해 보는 건 어떨까?

우리는 사소한 것에 감동한다. 바쁜 일상 속에서 잊고 있었던 작은 바람들을 꺼내 하나씩 이루어 나간다면 인생이 조금 더 행복해지지 않을까. 노트를 준비해 버킷리스트를 적어 보자. 그리고 내가 작성한 '내 인생 시나리오'대로 내가 주연인 영화를 한 장면씩 완성해 나가자. 하나씩 이뤄 나갈 때마다 영화 같은 인생을 만들 수 있을지 모른다.

*MLB 포스트시즌 : 미국 메이저리그에서 정규 시즌 이후 리그별로 최고를 가리기 위한 경기.

*LA 다저스 : 미국 캘리포니아 주 로스앤젤레스를 연고로 하는 프로 야구 팀.

*홈 팬 : 지역을 연고로 하는 스포츠 팀의 팬.

눈앞에 보이는 모든 것들이
아직도 낯설고 신기하지만,
여행을 떠난 후로 많은 것들이 변했다.

이제는 '여행'이라는 말보다
'일상'이라는 단어가 더 잘 어울리는 것 같다.
여행에서는 아닌 것들을 빨리 잊고
좋은 순간에 더 집중한다.

돌아간다면 꼭 '일상'을 '여행'처럼
살아봐야겠다.

잘 모르겠으면 일단 해보고 판단하자

　우리는 차가 없다. 인천에 거주하면서 직장 생활을 서울에서 했는데 대중교통을 타고 다녀서 자동차의 필요성을 느끼지 못했다. 혹시 차가 필요하면 부모님 차를 하루 빌려서 사용하면 되었기에 없어도 된다고 생각했다.

　평범하게 직장 생활을 하던 중 추석 명절이 왔고 직장인들에게 빛과 같은 휴일이었다. 처가댁에 과일을 드리러 아버지 차를 빌려서 가고 있었다. 신호 대기를 하며 정차를 했는데 천둥 같은 소리가 났다. 곧이어 뒤에 오던 차가 가만히 정차해 있는 우리의 차와 충돌하여 접촉사고를 냈다. 다행히 다치지는 않았고 많이 놀라긴 했지만, 혹시 모를 상황에 일주일간 병원 신세를 져야만 했다. 그 이후로 운전을 하는 게 무섭고 싫었다. 내 잘못은 아니었지만 교통사고라는 것이 언제 어디서 어떻게 일어날지 모르기 때문에 운전을 하는 날이면 늘 긴장하게 된다.

운전을 극도로 싫어하는 내가 여행을 하면서 운전을 해야 하는 일이 총 3번 있었다. 유럽 캠핑 여행, 호주 워킹홀리데이, 그리고 미국 서부 로드 트립.

첫 운전은 유럽 캠핑 여행이었다. 아내는 국제 운전면허증을 신청하지 않아서 100% 내가 운전을 해야만 했다. 게다가 아내는 10년 전에 면허를 취득했지만, 평소에 운전을 거의 하지 않았기 때문에 장롱면허나 다름없었다. 나는 원래부터 운전을 싫어했는데 매일 100km 이상씩 4개월 동안 운전을 하다 보니 운전이라면 이제 치가 떨린다.

운전을 할 수밖에 없었던 두 번째 상황은 호주에서 워킹홀리데이를 할 때였다. 우리나라 운전면허증이 있으면 호주 내에서 공증을 신청해서 합법적으로 운전을 할 수 있었다. 호주에서는 아내와 운전을 같이 하기 위해 둘 다 공증을 신청했고,

호주 생활을 하면서 아내에게 조금씩 운전을 가르쳐 주었다. 호주는 운전대가 왼쪽에 있다는 점이 우리나라와는 달랐지만, 아내는 운전을 곧잘 했고 나는 알려 주는 보람을 느꼈다.

여행 중 마지막으로 운전을 했던 곳은 미국 서부 로드 트립이었다. 미국으로 향하기 전 한국에 들러 호주에서 생활했던 짐을 정리하고 다시 배낭여행 짐을 꾸리면서 이번에는 아내와 나, 둘 다 국제 운전면허증을 발급받았다. 캘리포니아의 아름다운 해안 도로를 따라 여행을 하고 애리조나 주로 향했다. 세계에서 가장 큰 협곡이 있는 그랜드 캐니언까지 여행을 하고, 다음 목적지인 미국 북쪽 옐로스톤 국립공원으로 향하는 길이었다. 하지만 겨울철에는 안전상의 이유로 옐로스톤 국립공원 근처의 도로를 폐쇄하며 관광객이 여행을 할 수 없게 통제를 한다는 소식을 전해 듣게 되었다. 졸지에 갈 곳이 없어진 우리는 어디로 가야 하나 고민을 했다.

우리는 솔트레이크라는 동계 올림픽을 개최했던 미국 서부 유타 주의 한 도시에 있었다. 캘리포니아로 돌아가자니 렌터카를 반납하기까지 시간이 많이 남고, 다른 곳을 가자니 시간이 부족한 상황이었다.

평범한 날이었다면 캘리포니아로 향해서 세계에서 아름답

다고 소문난 해안 도로를 드라이브하고, 요세미티 국립공원을 여유롭게 구경하면 된다. 하지만 정확히 2일 뒤에 아내의 생일이었고, 우리는 특별하고 소중한 추억을 만들고 싶었다. 아내에게 지금 가장 가고 싶은 곳이 어디냐고 물어봤다. 아내는 곰곰이 생각하더니 스타벅스 1호점이 있는 시애틀에 가고 싶다고 얘기했다. 주섬주섬 핸드폰 지도 어플을 켜서 거리를 확인해 봤다. 말도 안 되는 거리였다. 어플에서 안내하기로는 솔트레이크에서 시애틀까지는 1,350km를 달려야 한다. 그것도 쉬지 않고. 도로가 막히지 않는다는 전제하에 약 13시간을 가야 하는데 불가능에 가까웠다.

"여보! 우리 하루에 1,000km 넘게 운전을 해본 적도 없고, 너무 힘들 것 같은데? 중간에 피곤해서 둘 다 퍼지면 당신 생일을 어딘지도 모르는 미국의 낯선 도시 한복판에서 보낼 수도 있어…."

"정말 불가능한 거야? 운전을 나도 같이 하면서 도와주면 되잖아."

"불가능한 건 아닌데 진짜 힘들 것 같아…. 캘리포니아로 돌아가는 건 어때?"

"…."

상황에 맞춰 현실적인 방안을 제안했지만 아내는 탐탁지 않아 했다. 캘리포니아로 돌아간다고 해도 딱히 갈 곳이 있던 것도 아니고, 옐로스톤 국립공원도 못 가게 되었는데 시애틀까지 포기해야 한다는 것이 마음에 들지 않았던 것 같다. 아쉬운 아내는 금세 닭똥 같은 눈물을 뚝뚝 흘렸다. 아내의 우는 모습에 적잖이 당황한 나는, 아내를 달래 주면서도 심각한 고민에 빠졌다. 현실적으로 생각해서 시애틀로 가자니 고된 여행길이 될 것 같고, 캘리포니아로 돌아가자니 아내의 슬픔이 꽤나 오래갈 것 같았다. 다시 한번 지도 어플을 켜서 위치를 확인했다. 그리고 굳게 마음을 먹었다.

"그래! 시애틀로 가보자! 생일인데 당신이 원하는 곳으로 가야 나중에 후회하지 않을 테니까."

우리의 여행은 정해지지 않았다. 하고 싶은 거 하고, 먹고 싶은 음식 먹고, 보고 싶은 것을 보려고 여행을 떠났는데, 단순히 힘들 것 같다는 생각만으로 시애틀에 가는 걸 포기하기에는 너무 아깝다는 생각이 들었다. 무엇보다 곧 생일인 아내가 실망하는 모습을 보고 싶지 않았고, 가지 않는다면 나중에 후회할 것 같았기에 우리는 시애틀로 향하기로 했다.

나의 걱정을 아는지 모르는지 어김없이 날이 밝았다. 몇 시간 운전을 해야 할지 모르기 때문에 아침부터 바쁘게 움직였다. 우리의 계획은 이랬다. 처음 휴게소까지는 내가 운전하고, 그다음은 아내가 할 수 있는 만큼 한 뒤, 남은 거리는 내가 운전하기로 했다. 목적지는 없다. 하루 종일 운전해서 시애틀 쪽으로 최대한 가깝게 가야 한다. 그렇다고 무리하지는 말고 2시간에 한 번씩 휴식을 취하며 시애틀을 향해 달려가기로 했다.

첫 번째 휴게소에서 잠시 숨을 돌리고 아내에게 운전대를 맡겼다. 호주에서의 운전 경험이 있었지만 불안한 마음은 숨길 수 없었다. 그나마 다행인 건 아내가 운전하는 구간은 일직선의 끝을 알 수 없는 고속도로였다. 아내에게 도로가 끝나면 약 2시간 정도 되니까 그때 나를 깨우라는 말을 하고 잠시 눈을 붙였다. 불안한 마음은 있었지만 피곤함에 이내 잠들었다.

잠시 후, 아내의 다급한 목소리에 잠에서 깼다. 비몽사몽 상태로 시계를 보니 아내가 운전한 지 2시간 30분이 훌쩍 넘어 있었다. 아내는 아무리 운전해도 도로가 끝나지 않는다며, 피곤하다고 나를 깨웠다. 대충 확인해 보니 아내는 한번에 300km를 쉬지 않고 달렸던 것이다. 2시간 넘게 홀로 운전을 한 아내가 대견하면서도 기특했다.

잠시 숨을 고른 뒤 남은 구간은 내가 운전을 하기로 했고, 아내에게는 조수석에서 조금 쉬라고 말했다. 2시간 반 동안 외롭게 운전을 해서 그런지 아내는 금세 잠이 들었다. 밝았던 주변은 어느덧 깜깜한 어둠이 찾아왔다. 아내가 2시간 넘게 운전을 한 덕분에 나는 체력이 넘쳤고, 예상보다 시애틀에 더 가까운 도시까지 갈 수 있었다. 솔트레이크에서 출발한지 11시간 만에 케너윅이라는 워싱턴 주의 소도시에 도착했다. 운전한 거리는 정확히 1,032km. 서울에서 부산까지 대략 400km라고 봤을 때, 왕복으로 서울에서 부산을 갔다 온 뒤 다시 서울에서 속초까지 간 셈이다.

숙소에 도착한 우리는 서로를 토닥이며 격려했다. 1,032km 거리를 하루 만에 운전한다는 게 가능하다는 걸 몸소 체험할 수 있었다. 이날만큼은 아내의 생일을 시애틀에서 보내기 위해 서로가 고군분투했고, 덕분에 세계여행 중 맞이하는 아내의 세 번째 생일을 미국 시애틀에서 행복하게 보낼수 있었다.

운전을 싫어한다고 해도 아내가 행복한 모습을 볼 수 있다는 생각에, 하루를 꼬박 운전으로 시간을 보냈다. 그렇게 고생을 했기에 우리에게 잊지 못할 추억 하나가 생겼다. 시도도 하지 않고 후회를 하기보다는 일단 해보고 판단하는 것이 더 좋다는 것을 깨달았다. 할 수 있을 때까지 해보고 아니면 그만인 것이다.

게다가 아내가 그토록 바라던 스타벅스 1호점에 갈 수 있었다. 1호점이라 그런지 다른 지점에는 없는 특별함이 있다. 스타벅스의 탄생 스토리를 볼 수 있고, 1호점에서만 구매할 수 있는 굿즈가 있다고 했다.

1,350km를 달려 당도한 스타벅스 1호점은 이미 많은 인파로 인산인해였다. 긴 여정 끝에 주문한 음료는 평소에도 즐겨 먹던 콜드브루. 특별한 메뉴는 아니었지만, 고소하면서도 부드러운 커피 한 모금을 마시기 위해 1,350km 거리를 달린 여정이 생각나 가슴이 벅차올랐다.

우리는 생일을 맞이하여 그곳에서만 구매할 수 있는 머그컵, 텀블러를 구입했다. 시애틀에 있는 스타벅스 1호점에서 구매한 굿즈는 'THE FIRST STORE STARBUCKS'라는 문구와 함께 옛날 스타벅스 로고가 새겨져 있다. 언뜻 보면 큰 특징도 없고 특별함도 없지만 이곳에서만 구매할 수 있다는 사실 하나만으로도 우리에겐 특별한 선물로 남아 있다. 스타벅스 마니아라면 욕심이 생기는 이 제품들은 그날의 행복했던 추억까지 담고 있다. 이날 구매한 텀블러를 이용해서 집에서 커피를 마실 때마다 시애틀의 추억이 고스란히 전해진다.

Part 3

진심이 담겨 있다면 감동을 줄 수 있다

먼저 웃으며 인사하고,
먼저 연락해 안부를 묻고

　멕시코에서 아름답기로 소문난 '플라야 델 카르멘'에서 한 달 살기를 한 적이 있었다. 남미 여행을 하기 전까지는 대부분 영어를 사용하여 큰 불편함이 없었다. 하지만 남미 대륙을 여행하기 위해서는 간단한 스페인어가 필수라는 이야기를 듣게 되었다. 남미 대다수의 나라가 스페인의 지배를 받아 영어를 잘 사용하지 못하고, 스페인어를 사용하고 있기 때문이다. 간단한 숫자나 인사는 기본이고, 더 나아가 짧은 문장으로 대화 정도는 할 수 있어야 남미 여행 중 발생할 수 있는 비상 상황에 대처할 수 있을 것 같았다. 또한 상점에서 스페인어를 구사

할 수 있으면 금전적인 손해도 줄일 수 있다는 말을 들었다.

스페인어라고는 Hola(안녕)밖에 몰랐기 때문에 본격적인 남미 여행이 시작되기 전에 조금이라도 스페인어를 배워야 한다고 생각했다. 스페인어를 배울 수 있는 나라 중 우리의 마음을 훔친 곳이 한 군데 있었다. 현지인에게도 사랑받는 곳. 아름다운 카리브해가 있어 여행하기에도 좋은 곳. 비교적 저렴한 물가로 배낭 여행자들의 성지인 곳. 우리의 선택은 멕시코 칸쿤 근처에 있는 플라야 델 카르멘이었다.

가장 먼저 해야 할 일은 숙소 예약이다. 한 달 동안 잠시 여행을 멈추고 스페인어를 배워야 해서 다른 무엇보다 숙소를 정하는 일이 중요했다. 우리는 에어비앤비를 통해 숙소를 알아보았다. 전체적으로 시설이 좋고 가격도 괜찮은 곳을 발견했다. 시내에서 조금 멀다는 게 마음에 걸렸지만 한 달 숙박비로 100만 원을 지불하고 숙소를 예약했다. 장기 여행자에게는 매우 큰돈이었지만 숙소가 있으면 무거운 가방을 메지 않아도 되며, 한 달간 작은 보금자리가 생긴다는 것에 마음이 놓였다.

플라야 델 카르멘에 머무는 동안 스페인어 학원을 등록하고 언어를 배웠다. 숙소로 돌아와 복습하고 또 복습했다. 그러나 아무리 열심히 해도 마음은 점점 불안해졌다. 스페인어 기초는 영어의 어휘와 비슷해서 할 만했지만, 문법으로 들어가면서부터는 수업 진도를 따라갈 수 없었다. 그런 우리에게 큰 도움이 된 건 주변에 스페인어를 사용할 기회가 많다는 점이었다.

숙소에서 어학원으로 가는 길은 플라야 델 카르멘의 메인 도로가 있는데 그 양옆으로 다양한 품목의 상점이 즐비해 있다. 상점의 직원들은 가게 앞을 지나가는 관광객에게 호객 행위를 한다. 매일 걷는 길과 매일 보는 직원들. 상점의 직원들은 우리에게도 매일같이 호객 행위를 했다. 처음에는 귀찮아서 무시했지만, 그들과 짧게 나누는 대화가 스페인어를 향상시키는 데 정말 큰 도움이 되었다. 그렇게 1주일, 2주일이 흐르자 스페인어 실력이 자연스럽게 좋아졌다.

매일 아침 그곳을 지나가면서 그들과 대화를 나누는 게 자연스러워지자, 점점 그들에게 마음을 열게 되었다. 그들 역시 우리를 더 이상 관광객이라고 생각하지 않았다. 우리를 보면 Amigo!(친구!)라고 부르며 친근하게 인사를 나누고 근황을 물었다. 상인과 관광객으로 만났고, 그들에게 우리는 낯선 이

방인이었지만, 언어가 우리를 연결해 준 것이다. 그 시간은 지쳤던 일상에 큰 행복이 되었다.

살다 보면 목적만을 생각하며 살아가게 되는 경우가 많다. 고로 웃으며 인사하는 방법, 잘 지내는지 안부를 묻는 시간, 서로를 향한 간단한 대화 등 이런 사소한 것들을 잊게 된다. 멕시코에서의 시간은 스페인어를 배우는 시간이기도 했지만 살면서 가장 소중한 것을 깨닫게 되는 시간이었다. 함께 살아가는 이들과 교감을 나누며 살아가는 일.

나는 그 후로 목적만을 위해 살아가지 않기 위해 노력했다. 먼저 웃으며 인사하고, 먼저 연락해 안부를 묻고, 먼저 근황을 얘기하며 대화를 나눈다. 별일 아닌 것처럼 보여도 이런 과정은 서로를 연결해 주며 소중한 관계로 발전시켜 준다.

예전에는 '고마워', '미안해'라는
말을 하기 쉽지 않았다.
하지만 소중한 사람과 함께하며
깨닫게 되었다.

소중한 사람의 마음을 지켜 주는
가장 좋은 말은 '고마워', '미안해'라는 걸.

어색해도 자주 표현해야겠다.

애증의 뉴욕

2017년 12월 31일. 우리는 호주에서 워킹홀리데이 비자로 일을 하고 있었다. 호주는 세계에서 새해를 빨리 맞이하는 나라 중 하나로 시드니에서 열리는 불꽃놀이가 유명하다. 그래도 호주에서 오래 생활했는데 새해 불꽃놀이는 봐야 한다며 아무런 계획도 없이 시드니로 향했다.

결과는 참패. 브리즈번 공항에서 항공권을 결제하고 시드니 공항에 도착해 부랴부랴 시내로 나가니 이미 밤 10시였다. 불꽃놀이가 잘 보이는 위치에는 너무 많은 인원이 몰려 입구는 이미 통제가 되어서 들어가지 못했다. 당연한 결과다. 세계적으로 유명한 축제인데 정보도 없이 무작정 비행기를 타고 시드니로 날아왔으니. 결국 우리는 불꽃의 꽁지도 보지 못한 채 빽빽한 빌딩 너머 어딘가에서 들리는 불꽃놀이 소리로 2018년을 맞이했다.

이게 한이 되어 2019년 새해 축제는 제대로 보자며 결정한 곳. 미국 뉴욕 타임스퀘어. 미국, 캐나다, 멕시코를 넘나들면서 성수기 중 극 성수기인 12월 말에 뉴욕에 입국했다. 숙소 가격은 터무니없이 비쌌고, 날씨 또한 잦은 비로 너무 추웠지만 뉴욕에 있다는 것만으로도 좋았다. 새해맞이 축제인 *볼드랍을 겪기 전까지는.

이번에는 호주에서 겪었던 상황이 발생하지 않도록 마음먹은 대로 제대로 새해를 맞이하자며 18년 마지막 날 아침 10시부터 타임스퀘어에 나갔다. 당연히 좋은 자리였고 14시간 만 기다리면 되었다. 말이 14시간이지 화장실도 없고 나가면 통제돼서 다시 못 들어오고 날씨는 춥고. 결정적으로 정말 힘들었던 건 오후 2시부터 내린 비 때문이었다.

무려 10시간 동안 비를 맞으며 한 곳에서 그놈의 볼드랍을 기다렸다. 혹여나 화장실에 가고 싶을까 봐 물조차도 제대로 마실 수 없었다. 힘들게 14시간을 보내고 2019년이 밝았지만, 기대에 가득 찼던 우리는 이내 실망하고 말았다. 추운 날씨 때문에 불꽃이 터진 자리엔 연기로 앞이 잘 보이지도 않았고, 비와 바람 때문에 종이 가루는 저 멀리. 개판도 이런 개판은 없었다. 심지어 행사는 약 10분 정도 진행하고 허무하게 끝이 났다. 10분을 위해 14시간을 기다렸단 말인가. 기대가 크면 실망도 크다더니 돈은 돈대로 쓰고 제대로 즐기지도 못하고 너무 아쉬웠다.

기대했던 볼드랍은 실망스러웠지만 뉴욕이라는 도시 자체는 너무 좋았다. 지하철에서 듣던 아카펠라, 이곳의 랜드마크인 자유의 여신상, 명불허전 야경, 무한도전 덤보거리, 맛있는 음식 등. 신혼여행 때 제대로 즐기지 못해서 남아 있던 아쉬움을 확실히 달랠 수 있었다.

여행을 하다 보면 이와 같은 상황은 영화 속 클리셰처럼 찾아온다. 기대했던 것은 기대 이하고, 기대하지 않았던 것이 생각보다 좋았던 적이 많다. 여행이 좋은 이유는 이 점에 있다고 생각한다.

'예상치 못한 고난과 예상치 못한 즐거움.'

여행뿐만 아니라 내 인생도 늘 그래왔기에, 여행 속 고난이 실전 앞의 예행연습처럼 느껴지기 시작했다. 여행을 통해 무수히 많은 예행연습을 거치면서 우리는 쉽게 실망하지 않게 되었다. 예상치 못한 고난 뒤에 예상치 못한 즐거움도 찾아올 것이기에.

*볼드랍 : 미국 뉴욕 타임스퀘어 볼이 매년 12월 31일에서 새해가 되는
순간에 43m 아래로 내려가는 신년 카운트다운 행사.

나바지오 해변이 더 잘 보이는 절벽 쪽으로
계속 걸음을 옮기니 한 개의 추모비가 보였다.

가까이 가보니 추모비에는
'나의 아들이 세상에서 제일 좋아하는
장소였다'라고 쓰여 있었다.
베이스 점핑이 유명한 곳이라고 들었는데
사고가 난 듯 보였다.

94년생의 어린 나이에….

안타까운 마음에 주변에 있던 제일 예쁜 돌을

하나 올리며 기도를 드리고 돌아섰는데

갑자기 비가 억수같이 쏟아졌다.

나의 기도가 전달된 걸까,

부디 좋은 곳에서 이 아름다운 바다와

영원히 함께하길.

그리스 자킨토스 나바지오 뷰 포인트에서-

주차 딱지 벌금을 내러 경찰서에 가다가
만난 레코드 가게!
우연히 영화 속 공간을 마주치게 되니
기분이 묘해!

오스트리아 비엔나 ALT&NEU에서–

유럽의 서쪽 끝, 호카곶.

'이곳에서 육지가 끝나고 바다가 시작된다.'

휴식할 수 있는 사람이 목적지까지 갈 수 있다

수많은 선택지 가운데 어떤 걸 우선순위에 두느냐에 따라 결과는 크게 달라진다. 와카치나 사막을 당일치기로 다녀오기 위해 페루 리마에서 이카로 이동을 하는 날이었다. 어김없이 출발 전에 버스 터미널을 알아봤는데 이카로 가는 버스 회사가 세 곳이 있었다.

1. 다이렉트 버스. 가격이 비쌈
2. 1~2군데 경유 후 갈 수 있는 버스. 가격이 적당함
3. 많은 정류장을 거쳐 가는 버스. 가격이 쌈

마음 같아서는 당연히 1번을 선택하고 싶었지만, 자금 사정이 넉넉하지 않은 장기 여행자는 가격을 고려해야 했다. 2번 버스를 선택한 우리는 버스 출발 시간을 확인하고 버스 정류장을 찾았다. 페루는 특이하게도 버스 회사마다 터미널이 다른 곳에 있어서 혹여나 버스 회사의 티켓이 없다면 택시를 타고 다른 버스 회사가 있는 정류장으로 이동해야 한다. 평일에 이카로 이동하는 사람들이 많진 않겠지 싶어서 출발 시간에 임박하여 버스 정류장에 도착하고 표를 알아봤다.

아뿔싸. 표가 매진이다. 당황했지만 곧이어 침착함을 되찾고 고민 없이 3번 버스를 탈 수 있는 곳으로 가야만 했다. 주로 현지인만 탄다는 시내버스 정류장을 어렵게 찾았고, 곧바로 매표소로 향했다. 다행히 출발 10분 전임에도 표가 있었다. 안도의 한숨을 내쉬고 버스에 올랐다.

주로 현지인만 타는 버스는 망가진 의자 시트 사이로 스프링이 보이고, 버스 창문에는 먼지가 소복했다. 하지만 우리는 장기 여행자이지 않은가! 우리를 이카에만 데려다준다면 그 정도 불편함은 충분히 감내할 수 있을 것이라고 생각했다. 지금까지 여행하면서 수많은 야간 버스를 타고 나라에서 나라로 이동했고, 장시간 비행에 단련된 사람이라는 근거 없는 자신감에 심취해 있었다.

출발 시간에 맞춰 버스가 출발했고, 출발한 지 10분도 되지 않아 후회했다. 내리쬐는 햇빛이 버스 창문을 관통해 머리를 뜨겁게 달궜다. 에어컨은 작동되질 않으니 어쩔 수 없이 창문을 열어야 했다. 시꺼먼 매연이 버스 안으로 그대로 들어왔다. 5분에 한 번씩 정차하는 버스. 머릿속까지 타들어 갈 것 같은 페루의 뜨거운 햇빛. 콧구멍이 검어질 정도로 시커먼 매연. 버스는 오늘 안에 이카에 도착할 생각이 없는지, 아주 천천히 움직였다.

리마에서 이카까지는 지도상으로 4시간 거리라서 예상 시간 안에 도착하면 충분히 *버기카도 즐기고 *샌드 보딩도 탈 수 있을 줄 알았다. 하지만 버스는 5분마다 멈췄고 그때마다 사람을 가득 실었다. 버스는 예상 시간보다 2시간이나 늦은 6시간 가까이 걸려서야 이카에 당도했다.

당연히 버기카 투어 시작 시간을 지나쳤고 사막만 보고 다시 돌아와야 하나 싶었다. 더위를 잔뜩 머금은 버스의 열기에 질려, 돌아오는 버스는 무조건 다이렉트 버스를 타리라 다짐했다. 투어고 뭐고 일단 되돌아가는 버스표가 있는지 확인하기 위해 이카에 있는 1번 버스 정류장으로 향했다. 고민도 없이 버스표를 끊었다. 가격은 정확히 이카까지 가기 위해 탔던 현지 버스 요금의 2.5배였다.

리마로 돌아가는 표를 끊고 안도의 한숨을 내쉬었다. 버기카 투어는 못 할 거라 생각하고 낙심하고 있었다. 하지만 버기카 투어를 원하면 짧은 코스로 연결해 주겠다는 택시 기사가 나타나서 흥정을 시작했다. 원래는 2시간 투어인데 1시간을 진행하는 조건으로 가격 흥정에 성공했다.

끝이 보이지 않는 와카치나 사막의 비포장도로에 특화된 버기카를 타며 달리는 기분은 그야말로 짜릿하다. 사막의 오르막과 내리막을 번갈아 움직이면서 무중력 상태를 경험하기도 하고, 가파른 내리막을 쌩쌩 달리다 보면 마치 스포츠카를 탄 기분이 든다. 버기카 투어의 단점이 하나 있는데 바로 고운 모래 바람이 온몸을 파고든다는 것이다. 다행히 꼼꼼한 성격 덕분에 마스크를 준비해서 최악의 상황은 면했지만, 입은 옷이 모래로 만신창이가 되는 것만은 피할 수 없었다.

투어는 8~10명 정도가 한 대의 버기카에 탑승해서 사막 곳곳을 돌아다닌다. 높은 언덕에서 낮은 곳으로 내려갈 때는

다 같이 한 마음이 되어 목이 쉬도록 소리를 지른다. 사막에서 롤러코스터를 타는 느낌이랄까. 스릴 넘치는 버기카 투어 중간에는 샌드 보딩을 즐기는 시간도 준다. 샌드 보딩은 여행을 하면서 몇 번 타봤지만 여전히 쉽지 않았다. 언덕 위에서 보드에 몸을 맡긴 채 낮은 곳으로 이동하는 스포츠로 안전장치가 따로 없어서 엎드려 타야만 한다. 우리는 1시간 코스라 몇 번 타지 못했지만 원하는 만큼 충분히 즐겼다.

모든 일정이 끝날 때쯤, 지평선 끝에서 퇴근 중인 태양은 뜨거운 작별 인사를 한다. 우리는 옷이 모래로 더러워지는 건 아랑곳하지 않고, 한곳에 옹기종기 모여 앉아 붉게 물든 와카치나 사막의 노을을 감상했다. 가만히 앉아 노을을 보고 있으니 누적된 피로가 치유되는 것 같았다. 자주 보는 노을이지만 이날만큼은 우리에게 특별함을 준 것 같다.

투어를 즐긴 후 리마로 다시 돌아가는 다이렉트 버스는 무려 160도 뒤로 젖혀지는 버스에 에어컨까지 빵빵하게 나왔다. 푹신한 침대 위에 누워 있는 기분이 들었다. 오전에 있었던 고생을 몽땅 보상받는 느낌이었다. 우리는 아주 편안하게 꿀잠을 자며 리마에 도착했다.

장기 여행자에게는 고생도 여행의 일부라고 하지만, 매번 돈 때문에 전전긍긍하며 여행을 하다간 큰 결심을 하고 떠나온 여행길이 고단하고 만족스럽지 않을지 모른다. 가끔은 필요할 때 돈을 한번 써보는 것도 좋다고 생각한다. 그리고 그 시간을 즐기는 여유 또한 즐거운 여행의 일부니까.

　목적지까지 가는 길이 꼭 힘들기만 할 필요는 없다. 무언가를 이루기 위해서는 고난이 따름을 인지하고 받아들이면서도 큰 고난 앞에서 휴식할 수도 있어야 한다. 적당히 휴식할 수 있는 사람이 목적지까지 달려갈 수 있을 거라 생각한다.

*버기카 : 주로 모래, 자갈이 많은 비포장도로를 주행하는
　　　　　사륜 오토바이 바이크.

*샌드 보딩 : 스노 보딩과 비슷한 스포츠로, 모래에서 행해지는 스포츠.

세상에서 가장 건조한 지역

볼리비아 우유니에서 칠레 아타카마로 내려오자 날씨가 확 바뀌었다. 고도가 4~5,000m였던 지역에서 2,000m 초반으로 내려왔기 때문이었다. 급변한 날씨 때문에 처음에는 적응이 어려웠다. 평소에 잘 먹지도 않았던 콜라를 찾게 되었고, 낮에는 실내나 그늘을 찾고 해가 진 저녁에만 움직여야 하는 상황이었다.

아타카마는 드라마 '별에서 온 그대'에서 도민준이 가장 사랑했던 곳이다. 세상에서 가장 건조한 지역이라 별이 많이 보이는 곳이라고 설명했다. 이다카마에서 가장 기대된 곳은 '달의 계곡'과 '십자가 언덕'이었는데 그중 십자가 언덕에서 본 은하수가 기억에 많이 남는다. 새벽에 동행들과 같이 십자가 언덕으로 걸어갈 때까지만 해도 달이 밝아서 별이 잘 안 보였다. 한 시간의 기다림 끝에 우리는 깜깜한 밤하늘에 수놓은 듯한 은하수를 만날 수 있었다. 명성대로 달이 눈앞에서 사라지자 엄청난 양의 별을 볼 수 있었고, 혹시라도 소중한 이 순간을 놓칠까 봐 끊임없이 카메라 셔터를 눌렀다.

십자가 언덕에서 별도 많이 보고 좋은 사진도 남겨서 기억에 남는 것도 있지만 또 다른 이유가 있다. 여기서 겪은 신기한 일 때문이다. 별을 보며 감상하고 있을 때쯤 한 마리의 강아지가 곁으로 다가오더니 주변을 내내 맴돌았다.

새벽 5시가 되었다. 우리가 숙소로 돌아가려 하자, 어두운 길에서 우리를 안내하듯 앞장서서 나아갔다. 마치 어둠 속에서 길을 알려 주는 불빛처럼. 강아지와 함께 숙소로 돌아가는데 우리 앞을 지나다니는 현지인이 보이면 그들을 향해 무섭게 짖었다. 우리를 보호하려는 것 같았다. 원래부터 알고 지내던 든든한 동료가 우리를 안전하게 숙소까지 데려다주는 것 같았다.

나중에 알고 보니 십자가 언덕에 가는 관광객 중 몇 명은

이 강아지를 만난 적이 있다고 했다. 어두운 새벽길에서 만난 행인을 보호해 주고 안내해 주는 강아지라니. 한국말을 알아들을 리 만무한 강아지가 자신의 구역에 온 걸 환영한다는 것 같았다. 강아지는 우리 곁에 차만 지나가도 주변을 감쌌다. 숙소 앞에 다다르자 무사히 잘 도착해서 다행이라는 듯 눈을 마주치며 인사를 건넸다.

고마운 마음에 이름 모를 강아지의 머리를 연신 쓰다듬으며 감사의 인사를 전했다. 그도 우리의 마음을 느꼈는지 한동안 곁을 떠나지 않다가 우리가 숙소에 들어가려고 하는 순간, 뒤도 돌아보지 않고 자신이 갈 길을 떠났다. 가벼운 발걸음으로 떠나는 뒷모습을 보며 감동과 고마움을 느꼈다.

알게 모르게 여행 중에는 다양한 도움을 받는다. 그뿐만 아니라 살면서도 우리는 많은 도움을 받고 살아가게 된다. 고마움이 빛날 수 있는 건 고맙게 생각하는 상대방의 진심이 있기 때문이 아닐까. 그래야 나에게 배려해 준 사람의 마음도 더 빛나게 될 테니까.

모든 사람에게 좋은 사람일 수는 없다

아르헨티나 바릴로체에서 방문한 식당에서 있었던 일이다. 예약을 해야 실내에서 먹을 수 있다는 그곳은 일반 가정식 같은 아늑한 분위기의 인테리어를 가졌다. 하루 일정을 시작하기에 앞서 레스토랑에 들러 예약을 하고 저녁 시간에 맞춰서 방문을 했다. 주문을 받는 직원도 매우 친절했다.

오픈 주방에서는 현란한 요리 솜씨를 뽐내고 있었고 테이블은 어느새 예약한 사람들로 꽉 찼다. 잔잔한 음악 소리 위에 고기가 지글지글 구워지는 소리가 가까워졌다. 우리에게 제일 먼저 음식이 나왔고, 실내에 있던 모든 시선이 우리 테이블로

꽂혔다.

　얇은 치마살 부위를 꽈리 틀어 두툼하게 구워 낸 스테이크였다. 고기를 썰어 한입 먹은 순간 입안에 육즙이 가득하고 쫄깃함과 부드러움이 동시에 느껴졌다. 와인만 마셨을 땐 씁쓸함만 가득했는데 맛있는 소고기와 함께하니 어느새 달달하게 다가왔다. 음식에도 궁합이 있는 것이다. 하나씩 따로 먹을 때보다 같이 먹어야 맛있는 게 있다.

　사람과 사람 사이에도 궁합이 있다.
　어떤 말을 하더라도 나와 잘 통하는 사람.
　그런 관계가 궁합이 좋은 관계다.

　반대로 궁합이 맞지 않는 관계가 있다.
　어떤 말을 하더라도 공감 없이 자기주장만 하는 사람.
　그런 관계가 궁합이 안 좋은 관계다.

　궁합이 잘 맞으면 즐거움은 두 배가 되지만 나와 맞지 않으면 힘듦이 배가 된다. 수많은 곳을 여행하고 다양한 사람들을 만나며 깨달은 인간관계의 공통점은 만나는 모든 사람과 친하게 지낼 수는 없다는 것이다. 나와 잘 맞는 사람은 더 쉽게 친해질 수 있고 나와 잘 맞지 않는 사람은 어떻게 해도 친해지기 어렵다. 이전의 나는 주변 모두와 순조로운 관계를 유지하고자 했고, 그러지 못하면 스스로를 탓했다. 그러나 스스로를 자책할 일이 아니었다.

또한 내가 어떻게 행동하느냐에 따라서 상대방의 행동도 달라진다는 것을 깨달았다. 내가 먼저 호의를 베풀면 상대방도 나를 한 번 더 생각하며 배려해 주었다. 적극적으로 솔선수범해서 움직이면 상대방도 게으름 대신 부지런함을 보여 주며 나에게 도움이 되려고 애썼다.

누군가가 먼저 움직이면 그에 맞춰 행동하는 게 익숙했던 나인데, 상대방의 행동에 집중하기보다는 나의 행동에 집중하면서부터 사람을 만날 때 훨씬 편안한 마음을 가질 수 있었다.

무리하지 않고 내가 할 수 있는 만큼만 노력하며 사람들을 만나다 보면, 시간이 지나 나와 잘 맞는 좋은 사람들을 곁에 둘 수 있게 된다.

어렵게 생각하지 말자

전 세계에는 약 200개국이 있다. 우리는 그중 55개국을 여행했다. 나라마다 각자의 특색을 갖고 있지만 대륙별로 비슷한 느낌이 있다. 우리는 삐까번쩍한 도시 여행보다는 풀 냄새 가득한 자연 여행이 더 좋았다. 그중에서도 남아메리카 여행이 특히 기억에 남는다. 남아메리카는 치안이 좋지 않아서 여행하기 전부터 걱정을 많이 했지만, 생각했던 것보다 더 아름다운 대자연을 갖고 있어서 여행하는 내내 너무 행복했다.

콜롬비아를 시작으로 브라질까지 총 9개국을 여행하면서

또 오고 싶다는 생각을 했다. 그중 우리가 가장 좋았던 곳은 파타고니아 지역이다. 파타고니아는 칠레와 아르헨티나 국경 근처에 있는 지역이다.

아름다운 설산이 즐비하고,
세계 8대 미봉이 있고,
유명한 트래킹 코스가 있고,
거대한 빙하가 있고,
청량한 호수가 있다.

그날도 어김없이 칠레의 꽃이라고 불리는 '토레스 델 파이네 트래킹'을 위해서 분주한 아침을 맞이했다. 이곳은 산장 예약과 함께 트래킹을 하는 사람들 사이에서 멋지기로 유명한 3박 4일 *W 트래킹을 할 수 있는 곳이다.

토레스 델 파이네의 3개의 봉우리(이하 삼봉)를 보기 위해서는 편도 4시간 정도 트래킹을 해야 하는데 입구부터 난관이었다. 구름이 가득해 곧 비가 쏟아질 것만 같았다. 불길한 예감은 언제나 그렇듯 적중했고, 칠레 파타고니아의 비바람을 뚫고 정상까지 올라가야만 했다.

삼봉은 구름에 가려 잘 보이지는 않았지만 옥색 빛깔의 예쁜 호수 덕에 행복한 시간을 보냈다. 힘들었던 4시간의 트래킹이 무색할 만큼 넋 놓고 바라만 봤고, 눈앞에 펼쳐진 아름다운 대자연의 모습을 한시라도 놓칠 수 없었다. 높은 산속에 있는 에메랄드 빛의 호수와 높이를 가늠하기 힘든 3개의 봉우리. 그리고 삼봉 주변으로 녹지 않는 만년설은 그야말로 장관이었다. 늠름하게 우뚝 서 있는 삼봉은 대장군 같았고, 호수는 커다란 원석이 땅속에 박혀 있는 것 같았다.

한마디 말만 해도 메아리가 퍼져 이곳에 있는 모든 이가 들을 수 있을 정도로 고요했다. 거센 바람과 끊임없이 움직이는 구름에 당장이라도 폭우가 쏟아질 것 같았지만, 세계적인 명소에 왔다는 사실 하나만으로도 감동의 격이 달랐다. 삼봉을 가만히 보고 있으면, 대자연 속에서 인간은 한없이 작은 존재라는 사실을 느낄 수 있다.

단 한 번의 여행으로 만족할 수 없는 곳. 파타고니아는 계절마다 가고 싶은 곳이다. 끝이 보이지 않는 빙하와 실제로 보지 않는다면 상상하기 어려운 고도의 설산. 수평선 너머로 매일 아침 하루를 알리는 태양과 끝이 어딘지 알 수 없는 드넓은 바다가 있는 곳.

이곳을 마주하고 있으면 그동안 힘들었던 일과 가슴속에 꼭꼭 숨어 있던 고민들이 너무나 작고 무의미하게 느껴진다. 내일은 어디를 여행해야 하는지, 곧 결혼식인 친구에게 가지 못해 미안한 마음을 어떻게 표현해야 하는지, 친구들은 회사에서 진급을 하는데 우리는 이렇게 여행을 다녀도 되는 건지. 심지어 오늘 저녁은 뭘 먹어야 하는지. 크고 작은 고민이 무색해질 만큼 아름다운 자연이 있는 파타고니아.

너무 어렵게 생각하지 말자.
너무 많은 걸 생각하지 말자.
너무 오래 고민을 담아 두지 말자.

행복하게 살면 된다.

인생에서 이것만큼 크고 중요한 의미는 없다.

*W 트래킹 : 칠레 파타고니아 지역에 있는 토레스 델 파이네 국립공원에서 할 수 있는 남미 4대 트래킹 중 하나. 전 세계 트래커들의 성지라고 불리기도 한다.

서툰 모습이어도 진심이 담겨 있다면

페루 와라즈에서 처음 만난 파블로와 비올레타와는 쉽게 친해졌다. 그들은 아르헨티나의 수도인 부에노스아이레스에 거주하고 있었고 오래된 연인 관계다. 페루를 여행하는 중 와라즈라는 작은 마을에서 같은 호스텔, 같은 방에 묵으면서 알게 되었다.

페루 와라즈는 남미에서도 힘들다고 소문이 자자한 69호수 트래킹을 할 수 있다. 해발고도 4,600m가 넘는 곳에 있는 호수를 보러 가는 투어다. 우리는 같은 숙소에 머물면서 일정을 맞춰 힘든 트래킹도 함께하고, 숙소에서 언제 먹어도 맛있는 한국 라면도 같이 먹었다. 외국인은 매운 음식을 잘 못 먹을 거라고 생각했는데 그렇지 않다는 사실을 그때 느끼게 되었다. 한국인인 내가 먹어도 땀이 주룩주룩 흐르는 매운 라면을 그들은 아무렇지도 않게 면을 포크로 돌돌 말아 입속으로 직행했다. 그들이 라면을 먹는 모습은 마치 색만 붉은, 고소하면서도 담백한 까르보나라를 먹는 느낌이었다. 그런 모습이 신기해서 그들에게 물어봤더니 남미 쪽 사람들은 매운 음식을 즐겨 먹는다고 했다.

파블로와 비올레타는 우리와 띠동갑 차이가 날 정도로 나이가 어렸다. 동방예의지국인 우리나라에서 이 정도로 나이 차이가 나면 보통 거리를 두려고 하는데, 그 친구들은 편견 없이 우리를 편하게 대했다. 여행을 좋아하는 그 친구들과 SNS 주소를 공유하고 각자의 여행길에 올랐다. SNS를 하지 않으면 따로 연락할 방법이 없었지만, 다행히도 그 친구들은 SNS를 종종 했기에 꾸준히 연락할 수 있었다. 연락이라고 해봤자 업로드 된 사진에 '좋아요'를 누르는 것뿐이지만, 새로운 인연이 생겼다는 사실이 우리를 기쁘게 했다.

긴 남미 여행이 끝날 때쯤, 그들이 살고 있는 부에노스아이레스를 여행하게 되었다. 우리는 꾸준히 연락을 주고받았기에 그들에게 부에노스아이레스에 간다는 사실을 전했다. 그러자 우리보다 더 흥분된 목소리로 격하게 환영해 주었다.

페루에서 헤어지고 약 1개월 만에 다시 만난 그들은 그때와 마찬가지로 밝고 긍정적인 에너지를 갖고 있었다. '숙소는 구했는지, 어디 여행을 갈 건지, 어떤 음식을 먹고 싶은지' 등 아직 정해지지 않은 질문이 쏟아졌다. 비올레타는 아직 숙소를 구하지 못한 이야기를 듣고 흔쾌히 본인의 집으로 초대했다. 자신은 남자친구인 파블로의 집에 가서 생활하면 된다며 4박 5일 일정 동안 자신의 집에서 생활하라고 말했다. 그리고 부에노스아이레스를 마음껏 즐기라며 집 열쇠를 건넸다.

몇 번 거절을 하다가 못 이기는 척 그녀의 집으로 갔다. 고마우면서도 미안한 마음이 가득했다. 어떻게 보면 아주 잠깐 만나서 트래킹을 하고 이야기를 나눈 게 전부인데, 자신의 집을 선뜻 내어 준다는 점이 놀랍기도 하면서 새로웠다.

모든 사람한테 그런 건 아니겠지만, 잠깐 스친 인연도 소중하게 생각하는 그들에게 배울 점이 많았다. 만약 나였다면 그들이 한국에 여행하러 왔을 때 선뜻 우리 집을 내어 줄 수 있을까? 그들을 만나기 전까지는 내어 줄 수 없을 것 같았으나,

그들의 호의 덕에 같은 입장이 된다면 흔쾌히 집을 내어 줄 수 있을 것 같았다.

두 사람은 세계여행을 하는 우리에게 궁금한 점이 많았다. 우리 일정에 피해가 가지 않도록 조심했고, 본인의 집에 들어오는 것도 우리에게 양해를 구하고 들어왔다. 심지어 파블로는 우리를 초대해 바비큐 파티도 열었다. 우리는 여행이라는 단어 하나로 감사한 인연이 생긴 것이다.

그렇게 부에노스아이레스를 여행하는 동안 그들에게 신세를 지면서 답례로 무언가를 해주고 싶다는 생각이 들었다. 비싼 선물을 하기에는 여유롭지 않은 상황이었다. '무슨 선물을 주면 좋아할까?' 고민 끝에 일요일마다 열리는 산텔모 시장에 방문했다. 관광객과 현지인이 빼곡히 모인 시장에서 선물을 구하느라 몇 시간을 돌아다닌 끝에 핸드메이드 여권 케이스를 선물하기로 했다. 여행을 좋아하는 그들에게 잘 어울리는 선물이라고 생각했다. 비싼 선물은 아니었지만, 아직 산텔모 시장을 한 번도 방문해 본 적이 없다던 파블로와 비올레타는 우리가 준비한 선물을 받고는 어린아이처럼 좋아했다. 그 모습에 괜히 뿌듯했다.

상대방을 기쁘게 하는 방법은 여러 가지가 있다.

친절한 말로 상대방의 마음을 따뜻하게 한다거나, 작지만 정성 가득한 선물로 마음을 표현하거나, 상대방의 즐거움에 함께 기뻐한다거나. 특히 상대방에게 받은 진심에 대해 '고맙다'라는 말 한마디를 건네는 것.

이럴 때 상대방을 기쁘게 만들 수 있다.

우린 모두 서툴고 미숙하지만 서툰 모습에도 상대를 배려하는 진심이 담겨 있다면 감동을 전할 수 있다.

스스로가 미운 날

지금까지 여행한 곳 중 한 곳을 갈 수 있다고 한다면, 잠깐의 망설임도 없이 '남아메리카 대륙'을 고를 만큼 좋은 기억이 많이 남아 있다. 남아메리카 대륙을 여행할 때 콜롬비아를 시작으로 반시계 방향으로 여행했었는데, 마지막 나라인 브라질에서 대형 사고가 터졌다.

남미는 워낙 치안이 좋지 않아 위험한 곳으로 소문난 곳이라 늘 긴장하면서 여행을 했다. 우리가 여행했던 나라 중 브라질이 가장 위험하고 조심해야 하는 나라였다. 그럼에도 브라질을 가야만 했던 이유는 단순했다. 브라질은 남미 대륙에서 다음 여행지인 아프리카 대륙으로 이동하기에 가장 적합한 나라이기도 하고, 심지어 항공권의 금액도 가장 저렴했다.

우리는 아르헨티나 푸에르토 이구아수를 여행하고, 차를 타고 30분이면 갈 수 있는 브라질의 포스 두 이구아수로 향했다. 아르헨티나 호스텔에서 우연히 만난 분과 일정이 비슷하여 함께 브라질로 넘어갔다.

브라질 이구아수를 여행하는 기간은 2박 3일이었다. 그 친구와 숙소는 달랐지만 매일 같이 여행하며 브라질 이구아수를 즐겼다. 워낙 작은 도시라 그런지 사람이 많지 않았지만, 해가 진 저녁에는 절대 밖으로 나가지 않았다. 남미의 마지막 나라이기 때문에 긴장의 끈을 놓지 않으려고 노력했다. 브라질 이구아수 여행이 끝나고 리우데자네이루로 떠날 날이 되었다. 아르헨티나 호스텔을 인연으로 금세 친해진 그녀와는 다음 날 함께 비행기를 타러 가기로 약속했다.

여행을 시작한 지 어느덧 2년 6개월이 지났다. 배낭을 꾸리는 건 30분이면 된다는 생각에 떠날 준비를 하지 않고 서로 핸드폰만 보고 있었다. 이제 슬슬 짐을 꾸리기 위해 방 안을 살펴봤는데 먹다 남은 와인이 테이블 위에 꺼내져 있었고 냉

장고 안에는 맥주가 남아 있었다. 비행기에는 주류를 갖고 탈수 없었기에 먹어 버리기로 했다. 우리는 술을 마시며 마지막까지 조심히 그리고 안전하게 여행을 하자는 마음으로 그동안 있었던 여행과 앞으로의 계획에 대해 얘기했다. 얘기는 꼬리에 꼬리를 물어 새벽까지 이어졌고, 피곤한 눈을 비비며 기절하듯 잠들어 버렸다. 알람도 맞추지 않고.

친구와는 8시에 만나서 같이 택시를 타고 공항으로 가기로 약속했었다. 우리가 눈을 뜬 시간은 9시였다. 그리고 리우데자네이루로 향하는 비행기 시간은 오전 10시였다. 핸드폰이 뜨거워질 정도로 수십 통의 카톡과 부재중 전화가 찍혀 있었다. 그 친구는 연락이 안 되는 우리에게 혹시나 무슨 일이 생긴 건 아닌지 걱정을 하며, 택시를 타고 혼자 공항에 가서 미안하다는 문자를 보냈다.

비행기를 놓치면 안 된다는 급한 마음과 그 친구와 약속을 지키지 못했다는 사실에 미안한 마음이 공존했다. 먼저 늦잠을 잤다고 미안하다며 친구에게 연락을 했다. 아무 일 없어서 다행이라며 계속 우리를 걱정해 주는 그녀에게 리우에서 다시 만나면 맛있는 밥을 사준다고 약속했고, 일단 급한 짐 정리부터 시작했다. 널브러진 짐은 몇 개월 동안 청소하지 않은 한국의 내 방 같았다.

배낭을 꾸리는 데 보통 30분이 소요되는데 이날은 그럴 시간이 없었다. 어디에 어떤 짐을 넣었는지도 모른 채 15분 만에 배낭을 꾸렸고, 빛과 같은 속도로 체크아웃을 하고 공항으로 향했다. 배낭은 이날따라 유독 무겁게 느껴졌고 마치 전생의 업보 같았다. 공항에 도착하니 시곗바늘은 야속하게도 9시 50분을 가리키고 있었다. 우리가 타야 할 비행기는 이미 보딩을 끝내고 출발 준비를 하고 있었다. 참혹한 결과였다.

급하게 다음 비행기라도 타기 위해 한 명은 공항에 있는 항공사에 문의했고, 다른 한 명은 비행기 예약 어플을 확인했다. 15만 원이면 갈 수 있었던 비행기가 단 한 번의 실수로 80만 원까지 치솟았다. 다음 날 출발하는 비행기도 거의 4~50만 원 정도였다. 예약한 리우의 숙소도 문제였다. 이곳에서 다시 숙소를 알아봐야 하고, 첩첩산중이라는 말처럼 해결해야 할 것이 생각보다 많았다. 2년 6개월 동안 비행기나 버스를 놓친 적이 한 번도 없었는데 어쩌다 이렇게까지 된 건지, 우리에게 실망했다.

우리는 2가지 중 1가지를 선택할 수 있었다. 비싼 금액을 주고 비행기를 타서 이동하는 방법과 가격이 조금 저렴한 대신 야간 슬리핑 버스를 타고 이동하는 방법이 있었다. 이구아수-리우데자네이루는 버스 강도가 자주 출몰하는 노선으로 여행자들이 꺼리는 구간이라 대부분 경비를 조금 더 쓰더라도 비행기로 이동한다는 말을 들었다. 우리도 안전을 위해 비행기를 예약했었는데, 아무리 그래도 15만 원을 지불하고 구매했던 비행기 티켓을 5배 이상 내며 이동할 수는 없었다. 2가지 방법 중 안전 문제를 배제한다면 무조건 후자로 이동하는 게 옳다고 판단했다.

더 늦기 전에 택시를 타고 버스 터미널로 향했고, 여러 버스 회사를 발품 팔아 당일 밤 버스표를 구매할 수 있었다. 대합실에 앉아 망연자실한 표정으로 서로를 바라보았다. 지금이야 웃으면서 얘기할 수 있지만, 그때 당시만 해도 걱정이 가득했다.

28시간을 야간 버스를 타고 이동하는 건 전혀 문제가 되지 않았다. 걱정이 되었던 건 강도 출몰이 잦은 구간이라는 점이다. 그래도 이미 벌어진 일이라는 걸 너무나도 잘 알기에 편하게 마음을 먹기로 했다. 우리는 버스 대합실에서 10시간을 대기하고 리우로 가는 버스에 몸을 실었다. 피곤함이 가득했지만 목적지에 도착하기 전까지 긴장을 놓지 않았다. 다행히 아무 일도 없이 안전하게 도착할 수 있었다. 하루 늦게 도착한 숙소에서는 호스트가 반갑게 반겨 주었고, 긴장 속에 장시간 버스를 타고 이동했기에 피곤함에 찌들어 있던 우리는 씻지도 못한 채 그대로 침대에 누울 수밖에 없었다.

남에게 피해 끼치는 걸 극도로 싫어하는 우리는 그 친구가 너무 신경 쓰였다. 알게 된 지 일주일도 안 됐는데 너무 큰 실수를 했다는 생각에 마음이 쓰였다. 함께 택시를 타고 공항으로 가자는 약속을 어긴 점, 다음 날 일찍 일어나야 하는데 짐도 꾸리지 않고 술을 마셔서 친구를 배려하지 않은 점. 모든 것이 우리의 과오라는 생각이 들었다. 정신을 차리고 다시 연락해서 만날 일정을 잡았다. 친구는 그럴 수도 있다며 우리를 위로해 주었다.

그날 비행기를 놓친 경험 덕분에 장기간 여행하며 고삐 풀린 망아지마냥 놓쳤던 긴장의 끈을 다시 잡을 수 있었고, 남은 기간 역시 안전하게 여행할 수 있었다.

그런 날이 있다.

스스로가 창피한 날.

괜찮다 생각하려 해도 도저히 괜찮지 않던 날.
자신과의 약속을 어긴 날.
한순간의 실수로 자책감이 든 날.

그런 날이 있다.

그런 날이 있었기에
남은 여행 기간 동안 긴장의 끈을 놓지 않고
여행을 할 수 있었고,

그런 날이 있었기에
사소한 것이라도 지키려고 노력할 수 있었고,

그런 날이 있었기에
우리가 한 단계 더 성장할 수 있었다.

한 치 앞도 모르는 우리의 삶, 그리고 여행.

얼죽아

　나는 겨울에도 아이스아메리카노를 마신다. 치아가 시릴 정도의 차가운 얼음이 동동 떠 있는 아이스아메리카노는 나의 기분을 좋게 만든다. 코끝이 찡할 정도의 차가움을 온몸으로 느끼면 쌓여 있던 스트레스가 풀린다.

　분위기 좋은 카페에 앉아 따뜻한 커피를 마시는 건 이상하게 나와 잘 맞지 않는다. 이유는 간단하다. 한 곳에 오랫동안 가만히 있지 못하는 성격과 몸에 열이 많기 때문이다. 분위기 좋은 카페보다는 걸으면서 마실 수 있는 테이크아웃을 선호한다. 향긋한 커피 향이 풍기는 따뜻한 커피보다는 온몸이 시원해지는 차가운 커피가 더 좋다. 커피는 향으로 마시는 거라고 말하지만, 나에게는 해당되지 않는 이야기다. 시원한 아이스아메리카노를 한입 머금었다 삼켰을 때 식도를 통해 액체가 몸 안으로 흘러내려 가는 순간, 묵혀 있던 하루의 피로가 풀리는 기분이다. 나는 역시 '얼어 죽어도 아이스아메리카노'다.

아이스아메리카노만 먹는 나에게 뜨거운 커피가 좋다고 계속 마시라고 권유를 한다거나, 이해 못 한다는 눈빛을 보내는 건 나를 위한 것이 아니다. 이런 강요는 상대방을 전혀 배려하지 않는 말과 행동이다.

한번은 이런 적이 있다. 부모님께서 사시는 본가에는 안마 의자가 있다. 매번 부모님 댁에 갈 때마다 한 번씩 안마 의자를 이용해 안마를 받곤 한다. 하루는, 가족과 함께 기분 좋은 저녁 식사를 끝내고 집으로 가려고 하는데, 부모님께서 오늘은 왜 안마를 받지 않냐며 받고 가라고 말씀하셨다. 오늘따라 안마를 받고 싶지도 않았고, 저녁 식사를 하면서 술도 한 잔씩 주고받았기에 안마를 받으면 속이 메슥거릴 것 같았다. 나의 거절에도 불구하고 부모님께서는 반강제적으로 의자에 앉혀 안마를 받게 하셨다. 못 이기는 척 안마를 받았는데 안마가 거의 끝날 때쯤, 결국 속에 있는 것을 게워 내야만 했다.

또 다른 일화가 있다. 나는 몸에 열이 많고 고춧가루 알레르기 있어서 매운 음식만 먹으면 땀이 흐른다. 중국 식당에 가면 늘 고민하게 만드는 메뉴. '짜장면 vs 짬뽕.' 나는 돈을 주고 짬뽕을 먹어 본 적이 세 손가락 안에 들 정도로 짬뽕을 좋아하지 않는다. 이유 역시 땀이 많이 흐르기에 불편하기도 하고, 짬뽕보다는 짜장면을 더 좋아하기 때문이다. 우연히 친구들과 짬뽕 맛집에 가게 되었다. 친구들은 짬뽕이 맛있는 곳이라며 전부 짬뽕을 주문했지만, 그런 것과는 상관없이 나는 짜장면을 주문했다. 친구 중 한 명이 나에게 핀잔을 주듯이 말했다.

"야 짬뽕 맛집에 와서 무슨 짜장면이냐?"

어떤 메뉴를 선택하든 나에게도 먹고 싶은 음식이 있고, 표현할 자유가 있다. 짬뽕 맛집에 갔다고 무조건 짬뽕을 주문해야 하는 법은 없다. 짜장면을 먹는다고 핀잔을 들어야 할 이유도 없다.

자신과 맞지 않는 건, 그게 어떤 형태이든 꺼려지게 된다. 본인이 원하지 않는 걸 주위에서 억지로 강요하는 건 괴롭힘밖에 되지 않는다. 그러니 자신이 좋아하는 것만 정답인 것처

럼 상대에게 강요하거나 권유하지 않았으면 좋겠다. 그것은
상대를 위하는 것이 아니다.

나와 다른 사람을 만났다면
그 사람을 바꾸려 하지 않고
이해해 주려고 하는 것이
진정 그 사람을 위한 것이다.

별똥별을 마주한 적이 있나요?

여행을 떠나기 전에는 마음에 여유가 없어 하늘을 올려다 볼 기회가 별로 없었는데 여행 중에는 수많은 밤하늘을 자주 올려다보았다. 모로코 여행 중 가장 기억에 남는 순간은 사하라 사막 투어인데, 2박 3일짜리 코스였고 사하라 사막에 있는 캠프에서 2박을 보내는 투어였다. 아무것도 없는 드넓은 사막을 밤하늘 별들이 가득 채워 주었다. 깜깜한 밤하늘에 수놓은 듯한 별.

모로코 여행을 함께한 동행이 랜턴을 하늘에 쏘면서 별자리 설명을 해주던 중 사자자리 근방에서 별똥별이 떨어졌다.

떨어지는 별똥별을 보면서 우리도 모르게 숫자를 세었다. 하나, 둘, 셋. 별똥별은 3초 이상 광활한 하늘 속에서 유영했다. 태어나서 이렇게 길게 떨어지는 유성은 처음 보았다. 소원을 3번 빌면 이루어진다는 말이 기억나 '돈, 돈, 돈' 여러 번을 외치고도 시간이 남았다.

우리가 살면서 하루 24시간 동안 하늘을 바라보는 시간이 얼마나 될까? 여행을 떠나기 전에는 하늘을 바라보는 시간이 많지 않았다. 극심한 공해와 미세먼지로 하늘색이 아닌 옅은 회색빛의 하늘. 하늘보다는 오른손에 잡고 있는 스마트폰을 보는 일이 대다수였다. 바쁜 일상 속에서 작은 스마트폰 화면에 있는 것들은 지친 일상을 충족시키기에 충분했기 때문이다.

여행을 하면서 세계 여러 나라의 하늘을 자주 바라봤다. 동화 속에서 나오는 파란 하늘은 실제로 존재했다. 공해와 미세먼지가 없는 대자연의 하늘은 실로 아름다웠다.

그런데 한국의 하늘도 다르지 않았다. 단지 우리가 평소에 하늘을 올려다보지 않았을 뿐이었다.

오늘 하루는 끝을 알 수 없는 파란 하늘을 바라보자.
지친 마음을 달래 줄 수 있는 넓은 하늘을 바라보자.

해결 못 할 복잡한 생각, 다가오지 않은 미래에 대한 걱정 대신에 이런 소소한 행위만으로도 나도 모르는 사이 마음에 여유가 채워질 거라 믿는다.

여행을 하고 난 뒤, 많은 사람들이 물어본다.
여행 후 어떤 점이 달라졌는지
여행 후 느낀 점은 어떤 것이 있는지.

예전이었다면 상대방이 원하는 답변을 했을 것이다. '세상을 바라보는 시각과 그것을 보고 느끼는 생각이 달라졌어요'라는 추상적인 대답을 하거나 '세계는 넓고 볼 것은 많으니 여러분도 여행을 꼭 떠나세요'라는 희망적인 말을 했을 것이다. 하지만 여행은 남들이 좋아하는 답변이 아닌 내가 진심으로 느낀 답변을 할 수 있게 만들어 주었다.

"무엇보다 여유를 찾은 거 같아요."

11시가 넘은 늦은 밤,

신발을 정리하러 잠시 밖에 나왔다.

그날따라 달이 보이지 않았고,

주변이 꽤 어두워서 별이 얼마나 많은지

궁금해 하늘을 올려다보았다.

순간 내 눈에 보인 건,

새까만 하늘에 빤짝빤짝 빛나는

별들 사이로 선명하게 떨어지는 유성우였다.

너무 놀라 방에 있던 아내를 데리고 나와

유성우가 떨어지기만을 기대하며

하늘을 봤다.

계속해서 떨어지는 유성우.

1~2개 정도면 그러려니 하겠는데

30분 동안 10개 이상은 본 것 같다.

태어나서 처음 본 광경.

'맞다 우리 아직 여행 중이었지?'

아내의 손을 꼭 잡으며 소원을 빌었다.

'우리의 여행이 끝날 때까지
건강하고 재미있는 여행이 되어,
가슴속에 아름다운 추억을 남겨 주세요.'

나를 차분히 돌아보는 시간

큰맘 먹고 나온 여행인데 못 가본 아메리카와 아프리카 대륙까지 가보고 싶었다. 그러나 점차 경비가 다 떨어지고 있었고, 결국 경비를 마련하기 위해 호주로 향했다. 호주 워홀을 통해 일을 하며 목표했던 금액의 돈을 모아서 아메리카 대륙을 넘어 아프리카 모로코와 이집트를 여행했다. 이집트까지 여행하니 큰 미련이 남지 않았는데, 딱 한 가지 아쉬움은 남았다.

바로 아프리카에서만 볼 수 있는 리얼 야생, 사파리에 가지 못했다는 아쉬움이었다. 다시 한번 고민에 빠졌다. 호주 워킹홀리데이 비자가 약 5개월 정도 남아 있어서 5개월을 더 일하면 아프리카 종단 여행을 할 수 있었다. 하지만 정보가 너무 부족한 곳이라 덜컥 겁부터 났다. 고민이 길어진다고 정답이 나오는 건 아니었다. 게다가 1~2개월 더 여행한다고 크게 달라지는 것도 없었다. 결국 이집트에서 다시 호주로 향했고, 남은 워홀 비자를 꽉꽉 채워 경비를 마련한 뒤 아프리카로 출발했다.

아프리카에 대한 정보가 부족하다 보니, 우선은 아프리카 종단 여행을 해야 하는 이유와 아프리카 여행 중 꼭 보고 싶은 것을 차례대로 나열해 봤다. 먼저 동화 〈어린 왕자〉 속에 나오는 바오밥나무를 꼭 만나 보고 싶었고, 두 번째는 아프리카의 넓은 초원, 야생 동물이 즐비한 사파리를 가보고 싶었다. 세 번째는 세계 3대 폭포인 빅토리아 폭포를 두 눈에 담고 싶었다. 마지막으로 세계 모든 대륙 중 아프리카가 가장 여행하기 힘든 나라로 알려져 있고, '끝판왕'으로 악명이 높아서 여행의 마무리로 제격이라는 생각에 도전해 보고 싶었다.

그러나 아프리카에 도착하자마자 무언가 잘못됐다는 느낌을 받았다. 많은 선배 여행자들이 아프리카 여행길을 갈고닦아 놓았지만, 여전히 여행 인프라가 부족했다. 그리고 어떤 나라에서도 느껴 볼 수 없었던 치안 문제를 온몸으로 느낄 수 있었다. 해가 지고 이른 초저녁에는 절대 외출을 해서는 안 됐다. 잡상인인 척 우리에게 다가와 주머니에 있는 핸드폰을 훔치려고 하기도 했고, 현금 대신 카드 결제를 요구하며 카드 복제를 시도했던 사람도 있었다. 다행히 함께 종단 여행을 한 동행이 있어서 최대한 안전하게 여행했고, 위험한 상황을 만들지 않기 위해 노력했다.

아프리카 여행을 선택했던 두 번째 이유인 사파리는 아프리카 대부분의 나라에서 갈 수 있다. 사파리는 스와힐리어로 '여행'을 뜻한다. 사냥하기 위해 사냥감을 찾는 일을 이르던 말이 현재는 차를 타고 다니며 아프리카 자연에서 사는 동물을 구경하는 관광 산업을 칭하는 말이 되었다. 사파리라는 단어 자체가 벅찬 감동을 느낄 수 있는 단어임은 틀림없는 사실이다. 가장 유명한 곳은 탄자니아의 세렝게티고, 관광객들이 많이 찾는 곳은 케냐의 마사이 마라다. 세렝게티는 유명한 명성에 걸맞게 투어 금액 자체가 비싸다. 마사이 마라의 경우 상대적으로 저렴하고 케냐의 수도인 나이로비에서 비교적 쉽게 갈 수 있기에 인기가 좋은 투어다. 야생 동물들은 먹이를 찾기 위해 시기에 따라 세렝게티와 마사이 마라 사이를 오가는데, 우리가 여행할 때는 마사이 마라에 동물들이 많은 시기였다. 전체적으로 봤을 때 마사이 마라를 선택하는 것이 합리적이었다.

동행들과 논의 끝에 케냐의 마사이 마라 사파리를 가기로 했다. 나이로비에서 시작해 2박 3일 일정의 사파리 투어가 시작됐다. 투어는 같은 날 신청한 관광객들이 한 승합차에 탑승하여 2박 3일 함께 여행한다. 우리 6명과 담배를 좋아하는 슬로베니아 아저씨, 케냐 현지인 아가씨까지 8명이 함께했고 우리를 지켜 줄 가이드와 운전기사까지 총 10명이 2박 3일 동안 동고동락을 하게 되었다. 긴 이동 끝에 마사이 마라 부족이 사는 마을에 도착했다. 첫날은 가이드의 재량에 따라 사파리에 들어가기도 하고 아니면 숙소에서 쉬기도 한다. 우리를 인솔한 가이드는 사파리를 잠시라도 느껴 보라며 국립공원 안으로 향했다.

국립공원 안에 들어가자마자 소리 없는 탄성을 지를 수밖에 없었다. 산봉우리 끝에 걸친 아프리카의 뜨거운 태양은 우리에게 얼른 오라고 재촉하듯 이글거렸다. 인간의 흔적이라고는 찾을 수 없는 드넓은 초원에 한가롭게 풀을 뜯고 있는 얼룩말, 저 멀리 눈으로도 확인이 가능한 기린, 하루의 3/4 이상을 잠으로만 보낸다는 사자, 무섭게 생긴 버팔로 등 어렸을 때 동물원에서만 봤던 야생 동물들이 셀 수 없을 정도로 많았다. 우리는 사진도 찍고, '언제 이렇게 가까이서 볼 수 있을까' 싶어 또렷한 그들의 생김새를 눈에 담았다.

한 시간 정도 지나자 산봉우리에 걸쳐 있던 해는 끝이 보이지 않는 산속으로 숨었다. 사파리 안은 어둠으로 가득했다. 본격적인 게임 드라이브는 내일이라는 가이드의 말에 따라 우리는 숙소로 이동했고, 작은 모닥불에 둘러앉아 벅찬 감동을 함께 공유했다.

사파리 투어 2일째 되는 날은 아침부터 해가 질 때까지 국립공원 안에서 동물을 찾는다. 사파리 투어에는 '빅5'라고 불리는 동물이 있다. '빅5'는 인간이 사냥하기 힘든 동물이면서 쉽게 보기 힘든 동물이라고 한다. 사자, 코끼리, 버팔로, 코뿔소, 표범이 빅5의 주인공이다. 투어 중 운이 좋아야 다섯 종류의 동물을 다 볼 수 있다. 기사의 능숙한 운전 실력과 바쁘게 위치를 지시하는 가이드 덕분에 코뿔소를 제외한 대부분의 동물을 다 볼 수 있었다. 사자가 의외로 가장 흔하게 볼 수 있었고 치타, 기린, 밤비, 임팔라, 코끼리, 하마, 악어, 원숭이, 도마뱀, 타조, 독수리, 표범, 버팔로 등 이곳에 와야만 볼 수 있는 야생 동물들이 많았다. 현재 국립공원 내에는 코뿔소의 개체 수가 적어서 빅5 중에서도 가장 보기 힘든 동물이라고 한다. 그러한 이유로 나는 코뿔소가 정말 보고 싶었지만, 10시간 동안의 사파리 투어에서 코뿔소의 모습은 찾아볼 수 없었다. 나중에 알게 된 사실인데 우리의 투어가 끝나고 3일 뒤에 마사이 마라에 코뿔소가 출현했다는 소식을 듣게 되었다. 아쉬움은 있었지만 이미 만족한 투어였기에 미련을 갖지 않기로 했다.

매일 반복되는 장면이 아닌 다른 장면을 보고 나니 마음의 시야가 넓어지는 걸 느꼈다. 이렇게 여행을 떠나는 일이 아니더라도 영화를 보거나 새로운 사람과 대화하거나 책을 보는 등의 행위를 통해서도 마음의 시야를 넓힐 수 있다.

드넓은 대지에서 아무런 제약 없이 마음껏 달리는 동물들을 보며 나 또한 자유를 느꼈고, 그들이 무리를 지으며 서로 의지하는 모습에 따뜻함을 느꼈다. 야생 동물은 살아가기 위해 서로를 사냥을 하기도 하지만 그 또한 자연의 섭리를 따른다. 자신의 생명을 유지할 수 있을 만큼 사냥을 하고 그 이상은 하지 않는다.

그 모습을 보면서 가진 것에 만족할 줄 모르고 필요 이상 이익을 취하려 하며 그러기 위해 다른 사람을 괴롭히거나 깎아내리던 사람들이 떠올랐다. 그 모습이 안타까웠다. 그 모습은 아름답지 않다. 그동안 나의 행동과 모습을 돌아보게 되었다. 내려놓아도 크게 문제없는 것들을 얻기 위해 필요 이상으로 욕심을 내지 않았는지. 그리고 그것을 바라는 마음으로 누군가를 미워하고 혼자 힘들어하지는 않았는지.

사파리 투어는 나와 다른 세상의 모습이지만
나를 차분히 돌아보게 해주었다.

어린 왕자, 바오밥나무

내가 아프리카 여행을 고집한 이유는 여러 가지가 있는데, 가장 큰 이유는 바로 마다가스카르에 있는 바오밥나무를 보기 위해서였다. 아프리카의 모습도 궁금했지만, 무엇보다 바오밥나무를 실제로 보고 싶었다.

"바오밥나무의 뿌리는 땅속 깊이 파고 들어간다. 너무 깊이 들어가서 별을 관통할 수도 있다. 아주 작은 별이라면, 바오밥나무는 그 별을 산산조각으로 부수어 버릴 수도 있을 것이다." – 〈어린 왕자〉 중에서 바오밥나무는 나뭇가지가 뿌리 모양을 하고 있어서 '거꾸로 심은 나무'라고 불린다. 유년 시절 읽었던 동화나 전설 속에 자주 등장하여 실제로 꼭 한번 보고 싶었다.

아프리카 종단 여행을 계획하고 에티오피아 아디스아바바에서 출발하여 케냐 나이로비에서 환승을 거쳐 마다가스카르의 수도, 안타나나리보에 당도했다. 안타나나리보에서 바오밥나무 군락지가 있는 모론다바까지는 비행기를 탔다면 2시간이면 갈 거리지만, 한 푼이라도 비용을 아끼기 위해 현지인들이 타는 달라달라(봉고차)를 탔다. 26시간을 달려서 모론다바에 도착했고, 다시 툭툭이를 타고 울퉁불퉁한 비포장도로로 위를 30분 더 달려야 했다. 그제야 거대한 바오밥나무의 군락지를 만날 수 있었다. 더 정확히 말하자면 세계여행을 시작한 지 2년 만에 바오밥나무를 눈에 담을 수 있었다.

바오밥나무를 만나러 가는 길이 꽤 힘들었지만, 상상 속의 나무를 만난다는 건 매우 설레는 일이었다. 잡귀를 쫓기 위해 마을 입구에 설치한 장승처럼 수많은 바오밥나무가 거리에 우뚝 솟아 있었다. 날씨는 또 왜 그렇게 맑은지, 구름 한 점 없는 청명한 하늘과 바오밥나무는 신비롭게 느껴졌다.

바오밥나무의 시간대별 모든 모습을 보고 싶어서 3번 정도 찾아갔다.

파란 하늘 아래의 바오밥은,
어떤 기후 조건에서도 굳건히 제자리를
지키고 있을 것만 같았다.

주황빛 노을 아래의 바오밥은,
뜨거웠던 햇빛이 지평선 너머로 사라지는 모습을 보며
저 또한 붉게 물들었다.

빽빽한 은하수 아래의 바오밥은,
우리가 마치 타임머신을 타고
시간 여행을 하는 중인 듯한 기분을 느끼게 했다.

매번 갈 때마다 새로운 모습의 바오밥나무를 볼 수 있었다. 같은 모습이어도 언제 보느냐에 따라 다른 모습이었다. 그 모든 모습이 아름다웠다. 그중 특히나 아름다웠던 시간은 해가 지고 깜깜해진 저녁 때였다. 은하수 사이 늠름하게 서 있는 바오밥의 모습이었다. 하늘에서는 곧 별똥별이 떨어질 것만 같았고, 컴컴한 어둠 속에서 바오밥을 보고 있으면 다른 세계에 온 것 같은 기분이 들었다. 바오밥 주변으로 시공간이 굴절된 것 같은 착각이 들었다.

바오밥나무의 모습만 여러 가지인 게 아니다. 여행을 하다 보면 여러 가지 내 모습을 발견할 수 있다.

조급해하는 내 모습

불안해하는 내 모습

실수하는 내 모습

걱정이 많은 내 모습.

그런 모습을 보며 스스로에게 실망한 적이 많았지만 어떤 모습도 아름다운 바오밥나무처럼, 나의 어떤 모습도 아름답다는 사실을 새삼 깨닫게 되었다.

내가 어떤 모습이든 나는 소중하다는 사실을.

Part 4

내가 어떤 모습이든 나는 소중하다

기대하지 않으면 마음이 편하다

'마다가스카르'에 대한 오랜 환상이 있었다. 그 이름만 들어도 온갖 신비로운 식물로 가득한 정글이 연상되었다. 우리는 아프리카를 여행하며 마다가스카르에서 1박 2일 투어를 하게 되었다.

그런데 투어 난이도가 심해도 너무 심했다. 여행이라기보다는 어떤 훈련을 하러 온 느낌이었다. 차로 12시간 넘도록 비포장도로를 이동하는데 에어컨은 나오지 않았다. 아프리카의 뜨거운 뙤약볕 아래, 에어컨이 없는 차 안에 12시간이라니. 우여곡절 끝에 숙소에 도착했지만 숙소 역시 에어컨은 없다. 힘없이 돌아가는 선풍기 한 대만 있을 뿐.

　이동하면서 흘렸던 끈적한 땀을 씻기 위해 샤워를 하려고 물을 틀자, 샤워기에서는 연갈색의 흙탕물이 나왔다. 그동안 여행을 하면서 많은 일이 있었지만 최악 중 최악이었다. 기대보다 못한 투어 수준에 당장이라도 여행을 그만두고 싶었다. 그 와중에 나를 더 괴롭히는 건 투어를 끝내기 위해 에어컨이 없는 차를 또 12시간 동안 타야 한다는 사실이었다.

　때론 너무 많은 기대가 현실의 순간을 받아들이지 못하게 하며 계속 도전하지 못하도록 용기를 잃게 할 수도 있다. 기대가 크면 실망도 큰 법이니까.

　한국에서 살다 보면 어느 지역이든 쉽게 갈 수 있는 교통편과 곧게 뻗어 있는 포장도로가 당연하게 느껴져, 편리하다는 사실을 인지하지 못한다. 너무나 당연하게 여기고 있는 거라 이것이 없다는 상상을 해본 적이 없다. 아프리카 마다가스카르를 힘들게 여행하면서 없는 것에 대한 불편함을 느끼게 되었고, 작지만 일상생활에서 필요한 그것의 소중함을 느낄 수 있었다.

여유를 찾는 방법

처음 여행을 할 때는 의미 있는 여행을 하고 싶었다. 짧은 시간 동안 많은 것을 보고 싶어서 완벽하고 타이트한 일정을 짰다. 많이 보고 많이 먹고 많이 찍어야 했다. 그래야 모든 여행이 끝나고 한국으로 돌아가서 할 이야기가 많고 보여 줄 게 있다고 생각했다.

여행의 의미를 단순히 남들이 보기에 좋은 것을 많이 경험하는 것이라 생각했다. 하지만 여행을 하면서 의미는 바뀌었다.

진정한 여행의 의미는 '느림'에 있을지 모른다.
바쁘게 정신없이 지내다가 갖게 되는 느림의 시간.

더 많은 것을 볼 수 있고
더 많은 것을 생각하게 되면서
더 많은 것을 찾을 수 있는 느림의 시간.

삶에 여유가 없다는 생각이 든다면, 삶도 여행이라 생각하
며 속도를 줄여 보는 건 어떨까. 느림의 시간을 갖게 된다면
잘 모르겠던 것들, 길을 잃었던 것들을 다시 찾게 될지 모른
다. 자연스럽게 마음속에 '여유'가 채워질 것이다. 그때 나를
깊게 바라볼 수 있게 된다.

항상 뭔가를 하지 않아도 괜찮다.
잘하지 못해도 괜찮다.
잠시 멈춰도 괜찮다.

그럼 여유가 생길 거라 믿는다.

잔지바르에 도착하자마자 해변으로 향했는데

왜 때문인지 해초가 너무나 많았다.

수영을 하려고 수영복까지 챙겨 입었는데

물에 들어가는 건 포기하고 사진만 남겼다.

하릴없이 바다를 보고 음료를 마시며
남편이랑 이야기를 나눴다.
지금껏 무언가를 봐야 한다며
바쁘게 돌아다녔는데
그런 하루보다 지금 이 시간이
더 소중하게 느껴진다.

아바나가 좋았던 이유 중 하나는
골목 사이로 서 있거나 지나다니는
올드카를 원 없이 구경할 수 있어서다.
쿠바만이 가진 이 엄청난 매력을
놓칠 수 없어서 아바나의 거리를
쉬지 않고 돌아다녔나 보다.

미국과의 수교를 맺은 4년이 흐른 지금,
쿠바의 멈춰 있던 시간이
빠르게 움직이고 있다.

하루가 다르게 변하고 있다.

골목마다 슈퍼가 들어서고
올드카가 점점 줄고 있다고 했다.
몇 년 후면 지금의 모습이 없어지고
관광 상품용 올드카만 남아 있겠지.

변하지 않았으면 하는 건 내 욕심이겠지.

지금 아니면 이 모습을
다시는 볼 수 없을 것 같았다.
어쩌면 살아가는 모든 순간이
다시는 볼 수 없는 시간이다.

다시는 돌아오지 않는 순간이다.

작은 도전을 이뤄 낼 때 자신감이 생긴다

3년간의 긴 여행에서 아내의 생일을 4번 맞이했다. 매년 아내의 생일에는 특별한 일이 찾아왔다. 첫 번째 생일은 태국 꼬창이라는 작은 섬에서 신혼부부처럼 보냈고, 두 번째 생일은 호주에서 워홀을 하며 보냈다. 세 번째는 미국 서부 로드 트립으로 하루에 1,000km가 넘는 거리를 이동했고, 네 번째 생일은 아프리카 잠비아에서 보냈다.

4번의 생일 중 가장 기억에 남는 에피소드는 아프리카 잠비아에서 보낸 아내의 생일이었다. 세계 3대 폭포는 미국−캐나다 국경에 있는 나이아가라 폭포, 아르헨티나–브라질 국경에 있는 이구아수 폭포, 그리고 마지막 아프리카 잠비아와 짐바브웨를 잇는 빅토리아 폭포(이하 빅폴)다. 빅폴은 아프리카 종단 여행을 결심하게 된 이유 중 하나다.

나이아가라 폭포와 이구아수 폭포를 이미 여행했기에 마지막 하나 남은 빅폴을 꼭 보고 싶었다. 거대한 양의 물이 장엄하게 펼쳐져 끝도 없이 아래로 흘러내리는 빅폴의 모습을 기대했다. 하지만 여행할 당시에는 빅폴이 건기 시즌이라 잠비아 사이드에서는 물이 말라 물기가 없는 절벽만 만날 수 있었다. 아쉽긴 했지만 건기 때만 만날 수 있는 빅폴의 모습조차 여행의 일부라고 생각하니 마음이 한결 가벼워졌다.

기대했던 빅폴의 모습은 보지 못했지만, 이곳에서만 즐길 수 있는 또 다른 액티비티가 우리를 기다렸다. 첫 번째는 잠비아와 짐바브웨를 잇는 다리에서 뛰어내리는 111m 번지점프이고, 두 번째는 하염없이 높은 폭포의 끝이 닿는 곳, 잠베지강 래프팅이다. 평소 여행하면서 위험한 일이나 스릴 있는 액티비티를 즐기는 편은 아니지만, 111m 높이에서 잠베지강을 향해 뛰어내리는 번지점프는 꼭 해보고 싶었다.

이유는 여러 가지가 있었다. 먼저 번지점프 경험이 없었기 때문에 여행이 끝나기 전에 꼭 한번 해보고 싶었다. 번지점프를 해야겠다는 결정을 한 이유는 삶을 뒤돌아서서 바라보았을 때 후회하지 않기 위해서였다.

어떤 여행 프로그램에서 우리와 똑같은 상황이 있었다. 이곳에서 번지점프를 하기 위해 왔는데, 출연자 중 2명은 뛰어내리고 2명은 뛰어내리지 않았다. 나중에 인터뷰에서 가장 후회되는 일이 무엇이냐는 질문에 번지점프를 하지 않은 게 가장 후회된다고 말했다. 그 장면이 머릿속에 계속 오버랩 되면서 이곳에서 뛰어내리지 않으면 분명 그들처럼 후회할 거란 생각이 들어 자유낙하를 경험하기로 결심했다.

번지점프를 하기로 마음먹은 날은 아내의 생일이었다. 오전에는 잠베지강 래프팅, 오후에는 111m 번지점프까지. 번지점프대 근처에 있는 투어 사무실에서 예약을 하려고 했더니 이상한 서류 하나를 준다.

서류 내용은 혹시 모를 사고에 대한 책임 확인서였다. 사인을 하고 나니 그제야 실감이 났다. 사실 후회하지 않기 위해 선택하였지만, 막상 111m에서 줄 하나를 매고 뛰어내릴 생각에 두려웠다. 상상 이상으로 무서웠다. 투어 중 2명이 같이 뛰어내리는 커플 번지점프가 있는 걸 확인하고, 아내와 같이 뛴다면 할 수 있을 것 같았다. 나 혼자보단 함께라면 두려움이 덜할 것 같았다.

번지점프를 하기 전에 몸무게를 측정하고, 각자의 몸무게를 파란색 매직으로 팔에 적는다. 바로 밑에는 뛰어내리는 순서를 적는다. 우리의 순서는 6, 7번째다. 이미 번지점프대에는 많은 사람이 모여 있었고, 여러 부류로 나뉘어져 있었다. 번지점프를 끝내고 여유롭게 즐기고 있는 사람, 이제 곧 자신의 차례를 기다리는 사람, 이 모두를 지켜보며 뛰지 않는 사람. 우리보다 우선순위인 1~5번째 사람들이 뛰어내리는 모습을 보면서 정신이 아득해지는 걸 느꼈다. 심장이 튀어나올 것 같았다.

결국 오지 않을 것 같던 시간이 다가왔다. 간단한 인터뷰와 함께 번지점프대에 섰다. 안전 요원은 함께 뛰는 번지는 혼자 뛰는 것보다 위험하므로 같은 타이밍에 뛰어내려야 한다고 말했다. 몇 번의 시뮬레이션을 통해 아내와 호흡을 맞췄고, 드디어 운명의 시간이 다가왔다.

안전 요원이 외쳤다.

3.

2.

1.

우리는 안전 요원의 구령에 맞춰 잠베지강을 향해 뛰어내렸다. 그 짧은 시간이 정말 길게 느껴졌다. 여행 중 맞이하는 아내의 마지막 생일이 이렇게 액티비티 할 줄이야. 자유낙하가 2~3초면 끝날 거라고 들었는데 계속해서 강을 향해 떨어졌다. 생각보다 긴 시간 동안 자유낙하가 이어지면서 감정은 수시로 바뀌었다. 초반엔 가슴이 쿵쾅쿵쾅, 몸과 함께 땅으로 끝도 없이 떨어지는 느낌이었다. 그리고 3초가 지난 것 같은데 계속해서 자유낙하가 이어지자 불안했다. 한없이 떨어지는 건 아닌지, 언제 무중력 상태가 끝나는지 초조했다. 온몸에 힘이 풀려 잠베지강을 향했던 두 다리는 파란 하늘 위로 올라갔다. 피가 거꾸로 솟는 느낌이었다.

체감상 30초는 지난 것 같았다. 그렇게 긴 자유낙하가 끝나고, 떨렸던 입에서 나온 첫 마디는 살아서 다행이라는 안도의 괴성이었다. 정신을 차리고 나서야 한 말은 "Happy birthday!"였다. 사랑하는 사람의 생일에 잊지 못할 특별한 경험을 함께했다는 생각만으로도 행복했다.

번지점프 프로그램에는 비용을 추가로 지불하면 사진과 동영상 촬영을 해준다. 우리는 평생에 한 번뿐인 경험일 수도 있다는 생각에 추가로 비용을 지불하여 사진과 영상을 구매했다. 기대하며 받아 본 사진에는 잔뜩 긴장하고 겁먹은 내 표정이 담겼다. 아내보다 훨씬 더 겁먹은 표정이라 내가 봐도 너무 웃겼다.

삶에서 우리는 자주 두려운 순간을 만나게 된다.
두려움을 극복하는 방법은 하나일지 모른다.
두려워도 물러서지 않고 앞으로 걸어 나가는 것.

그럼 더 많은 것을 해낼 수 있게 된다.

많은 것이 부족한 나도 조금씩 많은 것들을 이뤄 냈으니까,
당신도 자신감을 가지고 많은 것을 도전해 보길 바란다.
이루 말할 수 없는 기쁨을 만날 수 있을 것이다.

당신도 할 수 있다.

아프리카 남아공 케이프타운을 끝으로
58일간의 긴 아프리카의 여정이 끝났다.

걱정 반 설렘 반으로 시작했던
아프리카 여행은 그동안 못 봤던
모습들을 봐서 좋았다.

여행을 하면서 정말 많은 것들을
느끼게 되었다.
이제 마지막 대륙인 아프리카까지
여행했으니 슬슬 한국으로 가야겠다.

'마지막'이라는 단어는 새로운 '시작'이다.

내가 좋아하는 삶을 살아도 된다

오지 않을 것만 같았던 세계여행의 마지막 날이 찾아왔다. 우리가 한국으로 들어가기 위해 선택한 마지막 여행지는 바로 독일 프랑크푸르트다. 그 이유는 세계여행에서 유종의 미를 아주 멋지게 장식하기 위해서다.

3년간 여행을 하며 차곡차곡 쌓은 항공사 마일리지는 어느새 가장 긴 구간의 일등석을 탈 수 있을 정도로 쌓여 있었다. 귀국은 무조건 가장 긴 구간으로 하고 퍼스트 클래스를 타자고 예전부터 미래를 그려 놓은 상태였다. 그래서 우리는 한국에서 가장 먼 구간 중 하나인 독일 프랑크푸르트를 선택했다.

귀국행 티켓을 끊으니 여행의 끝이 현실로 다가왔다. 3년 2개월의 길고 긴 여행의 끝이 보였다. 남은 여행 시간을 더 알차게 보내야겠다는 마음과 건강히 이 여행을 마무리하고픈 마음이 커졌다. 두 달간의 아프리카 여행, 3주간의 터키 여행을 하고 독일 뮌헨을 거쳐 마지막 도시 독일 프랑크푸르트로 이동했다. 으리으리한 숙소는 아니었지만, 깨끗한 비즈니스호텔에 머물며 마지막 밤을 보냈다.

그리고 일어나자마자 부모님께 드릴 선물과 친구들에게 줄 선물을 잔뜩 샀다. 양손에 무거운 짐을 들었지만 마음만은 여느 때보다 가벼웠다. 큰 배낭을 메고도 두 손 가득 남들보다 넘치는 짐을 든 덕분에 현지인의 호기심 어린 시선을 받으며 공항으로 향했다. 공항역에 내리자마자 트롤리를 이용하기 위해 남은 유로 동전을 털어서 꺼냈다. 몸에 지고 있던 짐들을 모두 트롤리 안으로 내려놓았다. 1유로가 아까워서 그동안 한 번도 이용하지 않은 트롤리. 절대 돈 넣고 끌지 않았는데 마지막이니까 편하게 짐을 실었다. 트롤리 덕분에 긴 통로를 가볍게 걸을 수 있었다.

평소 같으면 긴 줄을 서서 겨우 티켓을 발권받고 짐을 보냈을 텐데 퍼스트 클래스 줄은 아무도 서 있지 않았다. 그 앞에서 머뭇대자 직원이 우리를 불러서 친절히 티켓에 대한 설명을 해줬다. 처음 이용해 보는 퍼스트 클래스 전용 라운지에서 여유로운 시간을 보냈고 얼마 후 비행기 탑승 시간이 되었다. 우리는 비행기에 탑승하기 위해 라운지를 나왔다. 퍼스트 탑승 손님만 먼저 표를 확인해서 또 한번 퍼스트 클래스의 편안함을 느끼며 안으로 들어갈 수 있었다.

퍼스트 클래스 좌석이지만, 비즈니스 서비스가 이루어지고 있다는 이곳은 그동안 경험해 보지 못한 다른 세상이었다. 승무원분들이 1:1로 케어해 주었고, 장시간 비행기를 타고 이동하는 게 맞나 싶을 정도로 편안하고 안락했다. 우리는 3년간 여행하면서 다리를 쭉 펼 수조차 없는 작고 좁은 비행기를 타는 게 일상이었다. 3명이 앉아야 할 자리에 억지로 4명, 5명씩 끼운 봉고차를 타기도 하고, 스프링이 다 튀어나온 좌석에 엉덩이를 붙이고 장시간 이동해야 했던 경험들 때문인지 지금의 편안함이 그간 겪었던 고생에 대한 보상처럼 다가왔다.

10시간 비행이 1시간처럼 짧게 느껴졌던 퍼스트 클래스 한국행. 인천공항으로 무사히 도착해 익숙했던 한글을 마주하며 밖으로 나오니 사랑하는 엄마 아빠가 두 손 가득 꽃다발을 흔들며 반겨 주고 계셨다. 끝나지 않을 것만 같던, 길고 긴 세계 여행이 마침표를 찍는 순간이었다. 처음 여행을 떠나기 전 두려웠던 마음은 잘 다녀왔다는 강한 확신으로 바뀌어 있었고 다녀온 뒤에도 '행복하지 않으면 어쩌나' 하는 불안함은 사라져 있었다. 앞으로도 많은 도전을 시도할 것이라는 다짐과 함께 발걸음에 힘을 실었다.

이제 정말 끝났다.

아니 이제 다시 시작이다.

새로운 시작이 기다린다.

늘 살면서 새로운 시작의 순간이 두렵게만 느껴졌는데 내가 좋아하는 삶을 선택해도 된다는 사실에 안도를 느끼며 앞으로의 시작이 두렵지 않아졌다. 이제는 어제의 내 모습보다 내일의 내 모습이 더 기대된다.

앞으로 내 삶에 또 어떤 일들이
기다리고 있을까?

1,171일, 여행을 떠난 지 3년 2개월 만에.

푹신한 소파가 있고
원하는 채널로 맘껏 돌려 볼 수 있는
TV가 있고
꿀잠을 잘 수 있는 넓은 침대가 있고
내 옷 가득한 옷장이 있고
코인을 안 넣어도 돌아가는 세탁기가 있고
맛있는 음식으로 가득 채워진 냉장고가 있고
갓 지은 밥을 먹을 수 있는 밥솥이 있고
따뜻한 우리 집이 있는 한국에 도착했다.

그동안 내가 가진 걸 당연하게 생각하고
남과 비교하며 갖지 못한 것에
불행하다 여겼던 지난날.

여행을 통해 내가 얼마나 가진 게
많은 사람이고, 소중한 사람인지를
알게 되는 시간이었다.
물론 3년 2개월 동안 크게 바뀐 거라곤
텅텅 빈 통장뿐이지만
마음만은 좋은 에너지를 가득 담아 돌아왔다.

한국에서는 지난 여행을 추억하며
살아야겠다.
그 여행이 헛되지 않게 남은 날도
나 자신을 아끼고 돌보며 살아가야겠다.

지금까지 톡톡부부의 이야기를 읽어 주신
분들께 감사의 인사를 전하고 싶다.

긴 여행은 끝났지만 앞으로 남은 인생도
여행하듯 살아갈 예정이다.

연돈, 13시간 웨이팅

긴 세계여행을 마치고 한국에 오니 온라인을 뜨겁게 달구고 있는 핫한 식당이 있었다. 바로 '연돈'이었다. '백종원의 골목식당'이라는 TV 프로그램에서 사장님의 돈가스를 향한 애정과 고객을 생각하는 서비스 정신이 전국에 방영되었다. 백종원 님의 컨설팅을 통해 제주도로 가게를 이전하여 오픈을 했다는 기사를 접했다. 새로 개업하는 날에는 기대 이상으로 많은 사람이 연돈을 찾았고, 텐트를 치고 전날부터 줄을 서서 돈가스를 먹겠다는 사람들도 있었다. 여행 전의 마음 상태라면 '굳이 기다려서까지 먹을 가치가 있나? 동네에도 돈가스

파는 곳이 많은데…'라는 생각을 했을 텐데, 기사를 본 순간 나도 직접 가서 먹어 보고 싶다는 마음이 먼저 들었다. 같이 기사를 보던 남편은 나를 보더니 한마디 던진다. "우리 제주도 갈래?" 이 대화를 나눈 게 12월 29일 저녁이었다. 이왕 가는 김에 새해를 제주도에서 맞이하고 싶었다. 부모님과 함께하고 싶다는 생각에 연락을 드렸다. 시댁 부모님은 "아쉽게도 휴가를 낼 수 없다"고 하셨고 친정 부모님은 "안 그래도 새해를 맞이할 곳을 물색 중이었는데 너희가 가면 함께하고 싶다"라고 말씀해 주셔서 바로 비행기 티켓을 알아보고 숙소를 예약했다. 한국에서의 급 여행은 이번 제주도 여행이 처음이었다. 하지만 3년간의 해외여행 내공은 지금 그 어느 때보다 빛을 발했다.

비행기 티켓, 숙박, 렌터카만 정한 채 다음 날 비행기에 올랐다. 2박 3일 일정의 제주도 여행에서 계획한 거라고는 '연돈 방문하기'뿐이었다. 하지만 부모님과 함께하는 여행이기에 최대한 지루할 타이밍이 없도록 다니고 싶었다. 도착 후 저녁을 먹고 숙소에서 쉬는 시간을 갖는 동안 연돈 웨이팅은 남편과 내가 맡기로 했다. 언제쯤 가야 적당할까, 고민 끝에 새벽 2시에 연돈으로 출발했다.

　TV로만 봤던 현장에 도착한 순간, 당황함을 감출 수 없었다. 이미 우리 앞에는 100명 이상의 사람들이 줄을 서고 있었다. 심지어 내 앞에 줄을 선 사람은 10시간을 기다려도 못 먹을 수도 있다며 투덜대다가 자리를 떴다. 이왕 여기까지 왔는데 못 먹고 돌아가면 아쉬움이 가득할 것 같아 기다리기 시작했다.

　연돈 사모님이 예약을 받기 시작하는 시간은 오전 10시라고 알고 있었고, 새벽 2시에 도착한 우리는 기본 8시간 이상을 꼬박 기다려야 했다. 12월의 제주도 겨울밤 공기는 온몸이 시릴 정도로 차가웠다. 핫팩, 담요, 패딩 등 몸을 따뜻하게 할 수 있는 건 다 챙겼지만 차디찬 바닥에 앉아 기다리기란 쉽지 않았다. 가만히 앉아 있기엔 너무나 심심했기에 앞뒤 사람들과 이야기를 나누기 시작했다. 옆집에 누가 살고 있는지 인사조차 안 하는 요즘 시대에 돈가스를 먹기 위한 목적 하나로 길게 줄을 서서, 처음 보는 사람들과 스스럼없이 대화를 나눴다.

　아이들을 위해 줄을 선 아빠, 임신 중인 아내를 위해 홀로 나온 남편, 12명이나 되는 대가족이 돈가스를 먹기 위해 3교대로 1시간씩 번갈아 가며 움직이는 모습까지. 평소에 보지 못하는 진귀한 광경이었다. 지루한 시간을 어찌 견딜까 걱정했을 때와는 달리 밤새 줄 서는 시간조차 빨리 지나갔다. 빠름을 강조하고 인터넷 예약이 주를 이루는 요즘 시대에 아날로그적인 기다림은 또 다른 성취감을 맛보게 했다. 새벽 2시부터 아침 10시까지, 그리고 아침 10시부터 오후 3시까지 무려 13시간의 웨이팅 끝에 연돈 돈가스를 먹을 수 있었다.

피곤함과 배고픔이 극에 달한 상태라 연돈 돈가스의 첫맛은 감탄사를 절로 불러일으켰다. 입천장이 까질 정도의 바삭함을 시작으로 부드러운 치즈가 쭈욱 늘어나 끊어질 줄 몰라서 면발을 흡입하듯 호로록 소리를 내며 치즈를 먹어야 했다. 제주도 흑돼지로 만들었다는 고기는 부드럽고 쫄깃한 식감이라 씹는 재미가 있었다. 테이블에 빈틈없이 꽉 찬 실내 공간에서 그 누구도 대화하지 않고 돈가스를 먹는 데만 집중하고 있었다. 다 먹을 때쯤에는 어떤 돈가스 집이든 느낄 수 있는 느끼함과 더부룩함이 공존했지만, 13시간 기다림 끝에 먹은 돈가스라서 그런지 그 맛은 잊을 수 없는 작은 추억으로 남았다. 그러나 누군가가 "또다시 돈가스를 먹기 위해 같은 시간을 기다릴 수 있어?"라고 묻는다면 한 번의 경험으로 충분하다고 말하고 싶다.

무언가를 얻기 위해 노력하는 시간이 길다고 해서 쉽게 포기하고 차선을 택한다면 분명 그때 그런 결정을 한 아쉬움이 남기 마련이다. 연돈을 가고 싶다는 생각이 들자마자 기다림에 대한 걱정보다는 어떻게 하면 먹을 수 있는지 고민하고 찾고 행동한 끝에 결국 원하는 돈가스를 먹을 수 있었고, 한 번의 경험으로 충분하겠다는 결론을 내릴 수 있었다.

시도해 보지 않고 생각만 하고 있었다면, 시간이 지나도 '그때 먹어볼걸'이라는 후회와 아쉬움만 남았을 것이다. 아마 집 근처 돈가스 식당에 방문해서 먹고는 이것 또한 괜찮다며 자기 위로를 하고, 애써 만족감을 드러내지 않았을까?

물론 다른 선택에 만족함을 느낄 수도 있다. 하지만 내가 하지 않은 선택을 이루기 위해 다른 누군가는 끊임없이 기다리고 노력하여 결국 성취하게 된다. 경험해 본 자는 계속해서 새로운 걸 찾아 도전하고 노력할 테고, 겪어 보지 못한 자는 질투심에 한심하다는 시선을 보낼 것이다.

작은 일부터 성취하는

기쁨을 맛보는 시도를 조금씩 도전해 보자.

어떤 것을 선택하든 후회가 덜 되는 쪽으로,

보다 만족감이 높은 쪽으로.

남들의 시선을 잠시 접어 두고 하고자 하는 일을 하다 보면
어느새 내가 원하는 대로 삶을 살고 있는 나를 발견하게 될 것
이다.

이 글을 마치며

2019. 12. 18.

3년 2개월 뒤, 이제는 조금 여행에 대해 알게 된 우리가 여행의 마침표를 찍은 날. 1,171일 55개국 196개 도시.

앞으로 우리 인생에 있어 '함께하는 행복한 순간'을 만들고 싶었다. 후회 없는 삶을 살자며 하고 싶은 거 일단 해보자는 마음에 여행을 결심했던 것 같다.

첫 번째 대륙은 아시아였다.

이게 맞는 건지, 잘하고 있는 건지, 여행에는 정답이 없는데 자꾸 정답을 찾으려고 했던 것 같다. 하나라도 더 보고 싶고 하나라도 더 먹고 싶었던 나날들. 가진 건 시간뿐인데 뭐가 그렇게 바빴는지 매일 만 보 이상은 걸으며 여행했다. 하지만 우리는 모든 것이 새로웠기에 아시아를 걷는 내내 행복했다.

두 번째 대륙은 유럽이었다.

유럽은 자동차를 빌려서 캠핑 여행을 하기로 마음먹었고 약 4개월 동안 유럽 곳곳을 누비며 약 16,000km를 달렸다.

사실 세계여행을 떠난 이유 중 하나가 유럽에 대한 로망 때문이었는데, 사악한 물가 때문에 좋은 호텔에서도 못 자보고 맛있다는 레스토랑도 제대로 못 가봤다. 하지만 매일 밤 별들을 이불 삼아 캠핑하고 서로를 의지하며 하루하루를 보냈다. 매일 장을 보고 음식을 만들어 먹었다. 유럽 여행은 우리가 가고 싶은 곳에 가고, 머물고 싶은 곳에 머무르는 나날이었다. 아시아와는 다른 느낌의 여행을 했다.

세 번째 대륙은 오세아니아였다.

유럽 여행이 마무리될 때쯤 우리 통장 잔고는 바닥났고, 이렇게 여행을 마무리하기 아쉽다는 생각에 호주 워홀을 가게 되었다. 약 1년 넘게 그곳에서 생활하며 여행 경비를 모으면서 여행과는 다르게 새로운 삶을 통해 좋은 사람들을 많이 만났다.

네 번째 대륙은 아메리카였다.

미국, 캐나다를 여행하고 카리브해가 아름다운 중미를 거쳐 남미까지 내려갔다. 사실 큰 기대와 정보가 없던 남미였는데 모든 여행을 통틀어 남미가 가장 좋았다. 자연, 사람, 관광, 음식까지 모든 게 완벽한 곳이었다. 지금까지도, 아니 앞으로도 쭉 우리에게 남미는 베스트 오브 베스트일 것 같다.

마지막 다섯 번째 대륙은 아프리카였다.

아프리카를 두고 누군가는 여행의 '끝판왕'이라고 말하기도 한다. 그 명성에 걸맞게 인프라가 많이 구축되어 있지 않을 뿐 아니라, 치안 문제까지 있어 조금은 힘들었다. 우리가 여행했던 아프리카 10개국 중 대부분은 한국에서 평범하던 것이 존재하지 않았다. 괜히 여행의 끝판왕이라는 별명이 붙은 게 아니라는 걸 몸소 경험하고 나서야 이해할 수 있었다. 오죽하면 여행을 그만하고 싶다는 생각이 들 정도였으니까. 하지만 그 어디에서도 못 본 아프리카만의 매력이 있었다. 친절한 사람들, 야생 동물들의 삶, 유럽보다 예쁜 도시 등 지금은 미화되어 좋은 기억으로 남아 있다.

1,171일 동안 여행하면서 매일 숙소를 정하고, 무엇을 먹을지 고민하며, 평균 10시간이 넘는 버스를 타고 다녔는데도 이 기간이 우리에게 너무나 크고 소중한 추억이 되었다. 밤만 되면 휴대폰을 들여다보며 다음 날 묵을 숙소를 정하느라 힘들었지만, 저렴한 금액에 좋은 숙소를 예약하면 행복하다는 생각이 들었다. 직장인들이 매일 점심 메뉴를 고민하는 것처럼 어떤 음식을 먹어야 할지 정하는 일도 쉽지 않았으나, 입맛

에 잘 맞는 음식을 발견하거나 새롭게 도전해 본 메뉴가 맛이 있으면 괜히 기분이 좋았다. 평균 10시간이 넘는 버스를 타고 다녔지만, 덕분에 인내와 끈기가 생겨 웬만한 일로는 쉽게 지치거나 힘들지 않게 되었다.

세상 그 누구도 우리 부부와 공유할 수 없는 우리 둘만의 끈끈한 추억이 생겼다. 한국으로 돌아오기 전날, 마지막 저녁을 먹으며 기쁨과 슬픔 그리고 왠지 모를 허전함이 겹쳐 나도 모르게 눈물이 나왔다.

한국에 귀국해 여행을 정리하면서 그리고 이 책을 쓰면서 눈물의 이유를 알 것 같다. 생각만 하고 시도하지 못해 오랫동안 망설였던 우리가, 3년 2개월이라는 긴 시간 동안 사고 없이 꿈꿔 왔던 여행을 마치고 안전하게 집으로 돌아와서이지 않을까. 해보지 않으면 알 수 없듯이, 가보지 않으면 알 수 없듯이, 만나 보지 않으면 알 수 없듯이, 오랫동안 생각했다면 두려워도 한번 해보는 것. 그것이 우리의 여행이었다. 한 번도 해보지 않은 경험을 하려면 한 번도 해본 적 없는 도전을 해야 한다. 그동안 잘할 수 없을까 봐, 후회할까 봐 고민만 했던 당신에게 이 책이 당신만의 행복을 찾아보는 여행이 되었길 바란다.

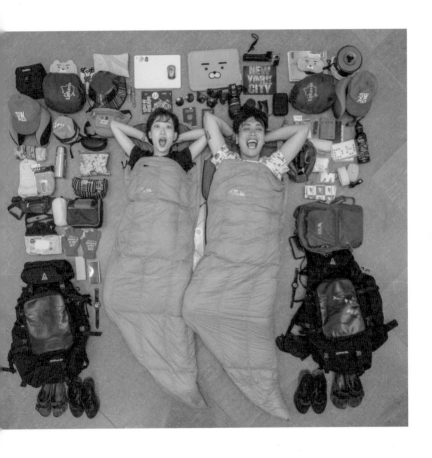

잘할 수 없을까 봐 후회할까 봐

초판 3쇄 인쇄 2021년 3월 4일
초판 1쇄 발행 2021년 2월 5일

지은이 김의정 최동희
펴낸이 김동혁
펴낸곳 강한별 출판사

책임편집 김경은 **디자인** 방하림
일러스트 황단비 **기획팀** 안서령

출판등록 2019년 8월 19일 제406-2019-000089호
주소 경기도 파주시 탄현면 헤이리마을길 21-7, 3층
대표전화 010-7566-1768 **팩스** 031-8048-4817
이메일 good1768@naver.com

ISBN 979-11-967977-7-5 (03810)